# 皇

## 傅太一

【生平描述】

看起來像是普通的書店老闆，但卻有著不為人知的力量，九歌領袖，稱號為東皇太一，似乎是中巷市地頭蛇之一，身上背負著重重謎團。

「預測指數一覽表」
戰鬥指數：???
體質指數：80
輔助指數：50

生平最愛：傅君
生平最恨：???
又愛又恨：???
專屬武器：光

【生平描述】

不知為何跟著簡志，似乎是他的守護靈，平時更像是隱形家長，看起來是無害的幻妖，但卻意外地有能力。

生平最愛：簡志
生平最恨：兇手
又愛又恨：姜子牙
專屬武器：怨念

「預測指數一覽表」
戰鬥指數：80
體質指數：60
輔助指數：20

護

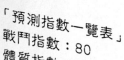

天使

# 兄

**江其兵**

【生平描述】

原本是姜家姊弟的老師，因為和姜玉相戀而失去教職，隨後與姜玉結婚，目前是一家之主，為了養家，開了一間風水事務所，但實際上卻在幫忙處理妖物。

生平最愛：老婆孩子弟弟
生平最恨：任何想傷害家人的傢伙
又愛又恨：江雪
專屬武器：筆記型電腦

「預測指數一覽表」
戰鬥指數：70
體質指數：60
輔助指數：50

GOBOOKS
& SITAK
GROUP©

GOBOOKS & SITAK GROUP©

三日月書版

三日月書版

以神之名
幻虛真系列
御我 著
上冊
作品集
FX010
三日月書版

# 以神之名《上卷》

幻虛真系列

# 楔子

事情是這樣的，在上學的途中，我剛走進校園大門，就看見有隻天使飄在某個同學後方，一直跟著不走。正以為祂想要做什麼壞事時，下一秒，那隻同學用臉撞上一隻飄來飄去的鬼，那隻鬼氣得衝上去揮了他幾拳，同學是沒感覺，但後方的天使居然衝出來，一巴掌就把鬼打飛！

御書打了個大哈欠，懶洋洋地說：「你不是早就看過天使了嗎？」

姜子牙啃著麵包，手工麵包果然不一樣，真是超好吃的，他再次明白御書為什麼要把管家喚出來。

「不一樣啊！以前只是看見祂們飄來飄去，我以為那都是幻覺，別說天使，還常常看到飛碟在天空競賽呢！要是我把這些都當作真的，早就瘋掉了。」

是幻，不是幻覺。御書也跟著拿出一個奶油麵包啃。

姜子牙立刻收回裝奶油麵包的袋子，護包心切地說：「這是管家要給我的，妳要吃的話，叫他做就好吧？」他現在被禁止進入御書家中，可沒那麼方便點餐。

「你以為他會生麵粉嗎？啊？」御書怒道：「這可是我家的麵粉、我家的蛋、我家的糖、我家的……總之統統都是我的！」好吧，她不知道做麵包還需要什麼了。

姜子牙期盼地問：「要不然，我備好原料送去妳家？」

「乾脆我把管家嫁給你，怎麼樣啊？」

這一次，姜子牙不像剛認識那般直接回吼「不娶！」。除了是個男的，管家真是完美的老婆選項，簡直找不到缺點……呃，還要去掉「不是人」這點。

見狀，御書「靠」了一聲，訕訕然地說：「以後不敢這麼說了，等等你真說好，我可就慘了，還得準備嫁妝。」

還嫁妝咧！姜子牙無言以對，攤上這麼個媽，管家也真是可憐。

「哎呀，好像可以聽到垃圾車的聲音囉？」御書開口提醒，每天來等垃圾車的時間不長，如果姜子牙要繼續閒聊，她也是無所謂。

姜子牙也聽見了，連忙說：「這次的天使居然會衝去打鬼，妳說我那個同學會不會有什麼問題？他也是道上人之類的？」

話剛問完，姜子牙就收到御書送的一枚大白眼，他摸摸鼻子，問：「不是嗎？」

「當然不是！」御書沒好氣地說：「難道你沒聽過守護靈嗎？」

姜子牙遲疑了一下，是對這個名詞不陌生啦，但說真的，全都是道聽塗說，什麼能信什麼不能信，根本完全分不清楚。

「以前的守護靈多半都是過世的親人，爺爺奶奶之類的，現在倒是天使小妖精滿街飛。」

「居然還會變……啊！」姜子牙突然想起來了，連忙問：「我以前常常在出人命或墳場之類的地方看見黑白無常，但最近都變成死神，這種變化是不是一樣的？」

御書點頭說：「孺子可教也，算你不是朽木。」

不需要第二句好嗎？姜子牙白了她一眼。

「『幻妖』顧名思義就是幻想出來的，所以一直隨著人們的想像而改變，不用太過擔心他們，幾乎都是無害的，頂多是被人看見、引出幾個鬼故事來。就算少數有害，多半也是被道上人利用去做壞事，和他們本身倒是沒多大關係。」

姜子牙點了點頭。路揚也說過，幻妖就像是蟑螂一樣的存在，道上人抓蟑螂噁心你，你能怪蟑螂嗎？

「倒是器妖的危險性高很多，還是幻的器妖就有害人的能力，一旦成了虛，殺幾個人都不在話下，許多惡靈傳說和懸而未破的凶案，常常都是他們幹的。」

姜子牙訕訕然，這一聽就是在嘲諷他們家，但他也只能當作沒聽見，誰讓姐姐不肯放棄呢？只是把小雪帶回來以後，姜玉好像又忘記這一切，彷彿她真的生出一對雙胞胎，沒有哪個不對勁——偏偏就是每個都不對勁！

他遲疑了一下，還是開口問：「御書，妳說我姐知不知道江姜的事情？」

御書莫名地問：「江姜的什麼事？」

姜子牙一凜，有些搞不懂，御書這是裝傻還是真傻？

「等等，你這什麼眼神？難道江姜也有問題？」御書皺著眉頭，卻怎麼也想不起來江姜有什麼不對。

好像是真傻啊！姜子牙連忙說：「沒，沒有，妳當我沒說。」

御書張了嘴，卻又閉上了，反正回到家中她就會明白，不需要現在追問。

「我痛恨出門！」她煩躁地說：「之後你還是來我家吧，過來前打個電話，我讓兩個傢伙避開就是了。」

姜子牙立刻點頭同意，他也不想再看見御書露出不懂的神色，這會讓他質疑是不是只有自己還記得這點。

御書恨不得轉身就走，但門都出了，還是把事情認真做完。「垃圾車就在路口了，還有沒有什麼要問的？」

姜子牙想了一想，問：「除了幻妖和器妖，還有什麼類別嗎？」

聽到這個問題，御書遲疑了，不是很樂意回答，但還是認命地說：「有些妖太過強大或者太過匪夷所思，可能會有一些別的名稱，但總的來說，都脫不了這兩類。」

「太過強大還可以理解，太過匪夷所思是什麼意思？」

御書似笑非笑地問：「你確定自己真的理解『太過強大』？」

姜子牙不敢托大，連忙改口：「不確定，太過強大是什麼意思？」

垃圾車已經停下來，兩人為了談話內容太過驚悚，不能讓人聽見，所以站到有點遠的角落，再不過去都要來不及了。

御書走上前一步，將手上的垃圾袋往姜子牙懷中一塞，轉身離開的同時，丟下一句：「強大到你得拿香拜的那一些囉。」

姜子牙瞪大眼。拿香拜……神明嗎？

「少年耶，垃圾車走了，啊你不丟喔？」一個老人家好奇地看著滿手垃圾的年輕人。

「啊！」

姜子牙立刻轉頭，看見垃圾車都開到下個路口了，再過去就要過紅綠燈，然後就直接開走，他立刻拔腿追上去。

「等等我！」

他不想帶著四大袋垃圾回家啊！

◐ ◐ ◐

一關上家門，御書就哼了一聲。

江姜，那個「真」！

這樣記記忘忘，哪天腦袋燒掉都不奇怪吧！她猛抓了抓頭，痛恨這種感覺卻又無可奈何，總不可能真的完全不踏出家門，那八成要等管家成真才有可能。

「主人。」管家奉上一壺飲料。

御書聞著就知道不是咖啡，無力地問：「這次又是啥？」

「菊花茶。」

「檸檬汁已經過時了嗎？」

「沒有過時，只是您不肯喝熱的檸檬汁，冰的喝多不好，所以一天只能喝一杯檸檬汁，其他時間就看您的需求來決定飲品。最近您有點上火，菊花茶是最好的。」

「管家。」

「是的？」

「少看一點健康大百科，算我求你了！」

「上次您叫我別看新聞，上上次說別看綜藝節目，這次是不能看健康大百科。」

管家困惑地問：「那我到底能看什麼呢？」

御書扶額，她也不知道什麼節目適合年齡一歲、但是會講話會煮飯的孩子。

「算了，你愛看什麼就看吧。」

「好的。」管家微笑地說：「那現在請喝茶。」

御書看著熱騰騰的菊花茶，還能說什麼？兒子的孝心，吞下去便是了。

「剛剛趁您去倒垃圾的時候，我照您的吩咐去調查姜家的狀況。」

御書皺了皺眉頭，喝著菊花茶靜靜聽下去。

「姜家很早就住在對門了，但是不太與人交際，所以上下幾樓的鄰居對他們家都不了解，大多知道有對姐弟。上了年紀的鄰居說曾經看過一個中年男人，不過很久都沒看見他了，我想那應該就是姜家的父親；樓下的鄰居則表示常常看到江其兵，知道他是現在的一家之主。」

御書驚奇地看著管家：「這麼快調查清楚了？我怎麼不知道這裡的鄰居有這麼親切？而且他們都不覺得你出現在這裡很奇怪嗎？」

管家微笑著說：「最近一直在分送的餅乾和麵包很有用，他們說小孩都很喜歡，剛開始是還對我有些警戒，多走幾趟就熟識了。」

「我看是美色比較有用吧？」御書上下瞄著管家，告誡：「我警告你啊，千萬別招惹感情債回來，太麻煩了！」

「我已經是您的『男朋友』了。」雖然管家還是覺得這名號非常令人不能適應。

御書沒好氣地說：「你以為這種年代，男朋友就沒人搶嗎？孩子生一打都不見得有用！」

「他這種無聊的傢伙有什麼好搶的？」

靠在牆邊的黑色紙箱發出淡淡的光芒，幾道線條流暢地畫出一扇門，隨後真的有人開門走出來，那是穿著一身華麗白色神父袍的男子，金髮璀璨得不似常人。

「唷，今天是什麼日子，咱們家的管庭居然大駕光臨了？」御書酸溜溜地說。打從她放了一堆幻妖在管庭的界後，這傢伙簡直都不出來了。真不知道整天在那裡看著一堆智商不足的幻妖，這是有什麼樂趣，還不如出來跟管家鬥鬥嘴呢！

管庭冷哼了一聲，「妳好幾天沒進去了，當初可是說好，妳要幫我做出夥伴和完善整個世界，我才出來當妳的兒子。」

御書翻了個大白眼，沒好氣地說：「你給點時間好不好，天天進去也沒用，那些幻妖要經過時間的洗禮才會越來越聰明啦！與其我進去，還不如你拉著幾個出來玩玩。但是我警告你啊，不准一次全帶出來，我們家可沒這麼大！」

「那我帶他們到外面去。」管庭立刻回嘴。

怎麼講都講不聽，這兒子簡直不給媽活了！御書一怒，吼道：「儘管去！那些幻妖只要曬到太陽，立刻死一半，到時我就在旁邊看你哭死！」

管庭的臉沉了下去，悶悶不樂地枯坐一段時間後，還是忍不住心中的渴望，難得低聲下氣地問：「真的不能再快一點嗎？我看著他們就覺得很高興，可是問他們話，說來說去就那幾句，我反而覺得很難受。」

御書罵罵咧咧：「快你個頭，這麼喜歡看，不會來看你哥啊！放著管家這個現成的同伴不要，硬是要我做新的，你到底是要多傲嬌啊？就算想要騎士同伴，是不會對你哥好一點，要他去穿盔甲裝，再拿把劍，這不就是騎士了嗎？」

聞言，管庭扭頭看著管家，臉色很是複雜。對方仍舊保持平靜，連特意想跟他吵都多半吵不起來，但確實是比那些只會幾句話的「同伴」要來得好多了。

他有些彆扭地問：「那你肯當騎士嗎？」

管家思考了一下，說：「如果主人趕出兩本稿子，那就應該有錢去訂製盔甲裝和劍。」

當然，他指的是娃娃尺寸的盔甲裝，若要做出真人大小的金屬盔，恐怕連製作師都找不到吧。

「做出來以後，你就肯穿上當騎士嗎？」管庭的雙眼發亮了，講來講去都不脫「騎士」兩個字。

管家提出條件說：「如果你不再特意找我吵架，那穿件盔甲裝也沒有什麼。」

至於穿上以後，算不算騎士，應該不是太重要吧？只要管庭覺得可以就好，管家沒有追究的興趣，只想讓管庭別再妨礙他做家事。

「成交！」管庭興奮地喊完，立刻轉頭說：「那御書妳快去趕稿，趕兩本……不！趕四本，我也要一套盔甲和劍！」

御書吐血的心都有了，養幻養出兩隻編輯，直接天天在家逼稿，是有沒有這麼慘？

「啊！姜玉叫我有事沒事就去找她閒聊，我這就去對面串個門子！」

說完，她一溜煙就跑掉，完全忘記十分鐘前才說自己痛恨出門。

管庭跳起來大喊：「妳給我站住，快去趕稿子啊！」

「才不要，我剛交稿呢！」

「妳……」

# CH.1 大學生活

「九歌」相傳是夏代樂歌，根據所祭祀神靈不同，共有十一篇，分別是：東皇太一、雲中君、湘君、湘夫人、大司命、少司命、東君、河伯、山鬼、國殤和禮魂。

姜子牙看著這個介紹，眼神都呆滯了。太一和東君？

**太過強大的會有特殊名稱。**

**得拿香拜的那一些。**

……我家老闆不是人！

不對，自己問的時候，傅君明明說過他們是人類，還說自己想太多了，但、但現在是個什麼狀況？

姜子牙覺得這世界太過虛幻，自己還是回歸現實上學去吧，就算自家老闆真是神，想來也沒有辦法保佑自己中樂透，乖乖念書才是正途。

況且上學還有個好處，那裡有個路揚同學可以問，他也不會像御書這樣愛答不答，帶著滿肚子疑問的時候，當然要衝去找路揚同學！

照慣例，姜子牙把機車停進校園停車場，正想著先去福利社買些炒麵和麵包，跟路揚一起分著吃，省得中午還得去人擠人，卻看見停車場出入口處飄著一隻天使，還十分眼熟，似乎就是那隻出拳打鬼的天使。

以往，姜子牙頂多只敢偷瞄這些東西，但如今知道家中有姐夫坐鎮；學校有斬妖除魔的路揚；對面有養妖鄰居；打工處還有老闆和傅君……說著說著，自己都覺得自己的人生到底哪裡出了錯，為什麼身邊的人就沒一個簡單的？

不過這麼一來，自己的真實之眼好像不算什麼了？姜子牙突然平衡了，「反正大家都一樣」果然是最好的安慰劑。

有恃無恐之下，姜子牙走得很緩慢，途中偷偷打量出入口的天使。

這天使真是漂亮得分不出男女，上半身非常實體，若不是打扮和面貌不像一般人，姜子牙肯定會錯認，不過一看到下半身就不對勁了，一雙腿是半透明的，若不是發著微光，看起來頗為聖潔，簡直就像個鬼。

走近一點看，一個男生站在出入口，正拿著一整疊的傳單，天使就靜靜飄在他身後。

看裝扮應該是校內同學，是上次那個拿臉撞鬼的傢伙吧？姜子牙不太記得對方長怎樣，但裝扮差不多，跟在後方的天使也是同一隻，應該是同一個人。

男生靦腆地遞上傳單，小聲問：「同學，要不要來看電影？」

姜子牙沒接過來。路揚和御書已經再三警告，踏入裡世界後有諸多要注意的事情，譬如「邀約」。一般人不明白這事，反而安全許多，就算答應了什麼，也不容易形成「邀約」，但踏入裡世界後，答應任何事情，後果可能都很嚴重。

所以，姜子牙現在不管做什麼動作都小心多了，深怕一個不小心就答應「邀約」，然後被好友和鄰居聯手轟炸。

「看電影？」他一邊不解地反問，一邊眼尾偷瞄著那隻天使。對方飄在這個同學的右後方，目光專心注視跟隨的對象，對姜子牙一點興趣都沒有。

見他有興致，男生的精神一振，連忙開始介紹：「對啊，看一系列的恐怖片，這是社團活動，完全免費喔！要不要過來？機會難得，早點報名才不會沒位置！」

都得站在停車場堵人了，還機會難得？姜子牙打量著這位同學，裝扮看起來是一般大學生，只是戴著厚厚的眼鏡，有些書呆樣，不像路揚那般打扮入時，但也不至於太誇張，姜子牙自己也不過勝在沒近視而已。

他帶著好奇心和對方打哈哈：「你哪個系的？」

「電機系，你、你呢？」

「外文。」姜子牙隨口回了，疑惑地問：「理工科應該很忙吧？還有時間玩社團？」

男生笑了笑，「總要有興趣嘛！我是簡志，交個朋友吧？」

「姜子牙。」

「……那個姜子牙嗎？」

「對，就是那個釣魚的姜子牙。」

簡志笑了出來，「你爸媽真有趣。」

「是真欠揍！」姜子牙翻了好幾個白眼。

「唉，這樣也不錯啦，起碼自我介紹的時候不用怕冷場。」

那倒是真的，報出名字就可以讓全班笑場。

這時，校園的鐘聲響起來，姜子牙抓了抓頭，想想這堂課的教授好像都挺滿意自己寫的作業，就是不滿他老曠課，應該只要自己有去上課，教授就很滿意了，遲到不算大事，所以他倒是不怎麼緊張。

「上課了！」簡志慌慌張張地把傳單塞在姜子牙手中，說：「這個給你，記得來看喔，啊啊，我寫個手機號碼在上面，要來就打電話給我，保證給你占個好位置！」

他又匆忙從背包拿出筆來，寫下一串號碼。

「先走了，今天晚上就有場次，記得來喔！」簡志不放心地又說一遍。

看來是真的很缺人去。姜子牙不說好也沒拒絕，揮手說：「掰！」

簡志沒想太多，甚至覺得姜子牙主動來攀談，還聊了一下，應該會來吧，所以也高興地揮手道別。

姜子牙目送簡志同學離開，突然間，天使停下來，回頭朝他笑了一笑，彷彿是家長很高興孩子交到朋友似的，然後又急忙飄著追上簡志。

……差點以為被發現，結果只是「家長的善意」嗎？幸好，姜子牙已經被多年經驗訓練到不管怎樣都能保持平靜無波，不然天使的回眸一笑肯定會讓他露餡。

看來，應該不是糟糕的幻妖吧？姜子牙感覺輕鬆許多，低頭看著傳單，上頭介紹一個鬼故事，還有幾張鬼屋的照片，最底下寫著恐怖系列電影的播放時間和地點，倒是弄得挺有模有樣的，正好姜玉一直催促他去找個社團加入，免費看電影這種社團好像挺合適的。

就過去看看吧！

還要找路揚一起參加，以免要點名什麼的。想到這，姜子牙突然覺得有點心虛，他是幫路揚寫了不少作業，不過對方也幫他點了不少名，算起來，還真不知道誰比誰更認真上學一點？

「我今天放學要跟阿公去接機。」

路揚覺得有點懊惱，萬年沒想過玩樂這種事的姜子牙要去社團，他居然沒辦法去圍觀，肯定遺憾一輩子啊！

姜子牙有些訝異，好奇地問：「接誰的機？」

「爸媽，不能肯定到底是兩個都回來，還是一個，反正他們隨時都在改計畫。」

「那你快去接機。」姜子牙揮揮手，不在意地說：「我先過去看看，如果社團很輕鬆就加入，到時你再來也不遲。」

路揚也只能同意了，只是不甘心地看著傳單，「好像很多場，下次一定陪你去！」

「不用急，我要是加入，一定拉你來幫忙簽到！」

姜子牙把麵包和炒麵拿出來，中午休息時間可不長，問題要問，飯也要吃。將兩樣食物在路揚眼前晃了晃，他問：「要哪個？」

「炒麵！」路揚立刻搶過炒麵，然後順便丟出兩罐飲料和幾包零食。

「就知道你是炒麵王子。」

「你還是麵包超人咧！」路揚沒好氣地回：「哪次不是你麵包我炒麵，還用問嗎？」

「誰知道你哪天會不會王子當膩了，想當麵包超人。」

姜子牙坐下來，打開飲料罐，配著麵包，雖然知道老啃麵包不好，但是中午短短休息時間，有時實在懶得出去人擠人，反正晚餐再認真吃就好。

吃著吃著，姜子牙想到自己有一堆問題想問斬妖除魔的路揚同學，連忙說：「對了，守護靈危險不危險？」

路揚警戒地問：「為什麼這麼問？你遇上什麼事了嗎？」

「沒，就是在校園裡看見有隻天使跟著人，我跑去問御書，她說那是守護靈，可是你也知道她那傢伙有夠懶，事情也不解釋清楚，只說守護靈沒有什麼害處，不用擔心。」

聞言，路揚放鬆了，點頭說：「確實沒什麼害處，就跟蟑螂一樣。」

想想那隻漂亮的天使，再想想蟑螂，姜子牙認真覺得可不可以換個比喻，別老是蟑螂蟑螂的，感覺每隻幻妖的頭上都快長蟑螂觸鬚了。

「所以，守護靈真的可以保護人嗎？」

路揚坦承：「幾乎沒用。」

姜子牙驚訝了，「可是，我看見的天使會揮拳打鬼。」

「喔，那倒是比較少見一點，不過也不稀奇，那隻『鬼』應該沒有危險性吧？」

「沒有，他根本摸不到人。」姜子牙想了一想，又問：「我是不是該叫他幻妖，那其實不是真的鬼，對吧？」

「不用，你說『天使』或者『鬼』什麼的，我反而可以立刻明白那是什麼樣的妖。再說了，是或不是其實要看個人的定義，有些人覺得那就算是天使和鬼了，有人覺得是幻妖，有時甚至是器妖。」

姜子牙訝異地問：「鬼就算了，守護靈也有可能是器妖？」

「當然。」路揚點了點頭，沉重地說：「不過這種案例比較少，而且幾乎都會惹出事端，不是那個人被守護靈殺了，否則就是那個人周圍的親友被殺。」

說錯話題，姜子牙只能訕訕然地說：「所以你才這麼反對小雪待在我家吧。」

路揚「嗯」了一聲，再次提醒：「我給你的手機，你一定要隨身帶著，功能都會了吧？」

聽到手機，姜子牙皺了眉頭，那是一支嶄新的智慧型手機，路揚硬塞給他，還逼他把功能搞懂為止。

「別跟我彆扭，手機不是送你的，是你預支的薪水，要請到一個有強大破界能力的道上人當除妖夥伴，那價碼可以買同款手機疊出一個你來。」

聞言，姜子牙也只好摸摸鼻子算了，他還欠御書十萬呢，債多了不愁，慢慢還就是了。

「一有問題就打電話給我。」路揚不放心地說：「我每天晚上都會打電話給你。」

「是是是，我保證自己不會外遇行了吧？」

路揚立刻哀怨地質問：「那小雪是哪裡來的？」

「我姐介紹的。」

聽到這，路揚沒辦法鬧了，想到真實之眼家族，他連玩笑都開不下去。

脫口說出姐姐的事，姜子牙也有點懊惱，明明早就下決定不再提，像姐姐這樣徹底遺忘才是正確的，雖然因為真實之眼的存在，他天天看見異樣的事情，實在忘不掉，但至少不能說出口。

路揚嘆了口氣：「之後趁我爸媽回家，你跟我回宮裡見見我家的人吧。」

「……還真的要見公婆？」

路揚兩手一攤，無奈地說：「事情都到這一步了，不然又能怎麼辦呢？」

開著玩笑，但是眼神卻閃過憂色，姜子牙看出來了，搔了搔頭，說：「我好像是個很麻煩的傢伙喔？」

「所以啦，你可要給我努力工作！」

姜子牙笑著說：「那倒是沒有問題。」

「沒問題？你問題大了！」路揚沒好氣地說：「要去書店打工，得幫御書跑腿，晚上跟我去斬妖除魔，然後還得保持學業前幾名，好申請獎學金，請問你打算什麼時候睡覺？」

姜子牙卻不覺得是大問題，御書那跑腿雜工根本算不上工作，下課順道去買些管家吩咐的日用品就好；書店也沒多忙，還可以趁空閒念書；至於路揚這邊，說實話，他真的很懷疑路揚會給他多少工作。「你真的會帶我去工作吧？」他不放心地問。

路揚一聽就知道姜子牙在想什麼，沒好氣地說：「會啦！我阿公也叫我帶你去，都踏進來了，多懂一些才不會死得莫名其妙。」

姜子牙放心了，雖然上次去清微宮，覺得路揚他阿公很不顧孫子死活，不過看路揚這樣子，似乎不像和阿公有什麼衝突，看來應該是他太不瞭解那個世界的運作——不過話說上一次，路揚真的差點死掉啦！

見面的時候，一定要特別強調這點。姜子牙下定決心，一定要讓阿路師知道孫子可是差點掛掉了！

「是說你阿公阿嬤和爸媽喜歡什麼？我帶個見面禮過去，比較不失禮。」

路揚想了一下，說：「馬卡龍和巧克力吧？」

「你媽喜歡吃甜食啊？」姜子牙點了點頭，雖然他不知道哪家店賣的好吃，但乾脆去拜託對面的管家幫忙做好了。

「我阿公阿嬤喜歡。」

「……喔！那你爸媽呢？」

「不知道，我認識你的時間都快比認識他們還長了。」

姜子牙心有戚戚焉：「跟我爸差不多。」

路揚突然想起來，說：「喔對了，我阿公說，本市的道上人確實有過一對姜姓夫妻，以前還滿有名的，可是他們很低調，所以他知道得也不多，後來不知從什麼時候就再沒聽過了，不過道上人突然消失也不奇怪，他當年沒多注意，不知道這對夫妻是不是你爸媽。」

肯定是。姜子牙有這種預感，但為什麼他從來不記得父母有過異狀？雖然當時年紀小，但是有真實之眼，自己不可能發現不到異狀吧？對父母的記憶似乎很模糊……

「別想！」

姜子牙一驚，抬起頭來，看見路揚雙手搭在自己的肩上。

他肅然說：「我阿公說，你的問題有點大，沒搞清楚之前，千萬別試圖去想，『遺忘』很可能是為了保護你們姐弟，貿然想起來，不知道會有什麼變化，所以不要去嘗試。」

聞言，姜子牙沉默了一陣，開口問：「那有沒有可能是我父母的仇家做的？我很久沒見過我爸了，或許其實他已經……」

「不會！」路揚立刻打斷他的話，搖頭說：「殺你比讓你遺忘要來得簡單多了，要長期混淆人的記憶沒那麼容易，如果仇家敢殺死你爸媽，那連你和你姐弟一起收拾掉就好，沒必要做『遺忘』這麼困難的事情。」

聞言，姜子牙也覺得有道理，要收拾他們姐弟還不簡單嗎？兩顆子彈就一勞永逸，上次的張家不就直接掏槍出來了，真的沒必要弄得這麼複雜。

此時，同學三三兩兩地回到教室，已經不適合再談論這些事情。

「準備上課吧。」路揚隨手把桌上的垃圾收拾拿去垃圾桶。

姜子牙點點頭，問：「難得你這次居然寫了作業，沒要我在中午時間幫你趕工，這次的題目不簡單，我還有點擔心中午寫不完。」

「……糟糕！」

節之二・說好的電影研究社呢？

姜子牙還是沒先打電話給簡志，誰知道打電話是不是個邀約？

雖然覺得自己太過神經質，不過現在家裡狀況複雜，小心駛得萬年船，等路揚看過簡志、確定沒有問題以後，再把對方的手機號碼加進好友欄也不遲，反正他也不在意看電影的位置好不好。

他照著傳單指示來到社團大樓，沒想到這裡還真熱鬧，許多學生成群結夥地過來，互相打著招呼進了電梯，還向姜子牙招手表示快進來。

姜子牙搖了搖頭，低頭看著傳單，上面寫著「地下一樓，請在電梯處右轉走到底，使用樓梯下樓」，之前看到還不覺得怎麼樣，現在看見所有學生搭電梯上樓去了，才覺得有點不太對。

不過如果是看電影的視聽室，為了隔音，在地下室好像也不奇怪？姜子牙想了一想，覺得自己真是太緊張，社團大樓比上課的地點還熱鬧，人來人往，他站在電梯前就覺得自己很擋路，找這種地方設埋伏也太蠢了。

笑完自己這隻驚弓之鳥，姜子牙直接走到傳單指示的走廊底，看著幽深的樓梯，他突然想起第一次發現雙胞胎異狀的時候，想把小雪抓出去丟，也是面對這麼一道階梯……

不過情況還是差別很大，那時的階梯黑得完全看不見幾階以後的狀況，而且那黑暗完全沒有循序漸進的感覺，彷彿那是一個懸崖，再過去就會摔落無底深坑。

但是，眼前這個階梯卻是越來越暗，隱約可以看見中間轉折的樓層平臺。

突然間，樓梯間的光線亮了，一個人探頭探腦地往上看，一看見有人就驚喜地高呼：「姜子牙！」

那個人探頭出來時，姜子牙第一時間就發現對方了，不因別的，實在是那隻天使太顯眼了，還會發光，不想注意到都不行。他舉起手來打招呼：「嗨！」

簡志快步衝上來，興奮地說：「沒接到電話，我還以為你不來了呢！」

「喔，我想說不用先留位置也沒關係。」姜子牙努力忽略天使在他背後雀躍地飛轉。

「也是啦！」簡志點了點頭，說：「吃過晚餐了嗎？」

「沒。」

「太好了，開演前有點心吃，走吧！」

簡志急急地拉著姜子牙下樓。

看來這社團是真的沒什麼人氣吧？姜子牙也不是很在意，反正他本來就是抱著給姜玉交差的心態來，事情少一點更好。

到了地下室，格局其實和樓上差不多，先是大廳，左右各有一條大走廊，兩邊都是一間間的房間。

現場的燈光很昏暗，四周做了不少布置，中間整齊排著幾排椅子，正前方是一面白色投影螢幕，畫面正停在電影開頭的片名，周遭牆面還掛著蜘蛛網、破布和鬼面具等道具，看得出是為了營造恐怖的感覺，還算用心，但也沒有高明到哪裡去。

「地下室沒有社團想用，所以學校就隨我們用了！」簡志高興地說：「很棒吧？這麼大的空間隨我們運用，你甚至可以借一個房間看片喔！」

「那倒是不錯。」姜子牙覺得可以借來給路揚表演劍舞之類的，只是這麼大的空間為什麼沒有人想要？就算是地下室，學生也沒這麼講究吧？

現場的人倒真的不多，大約二十來個，而且不少人正東張西望，好奇地四下觀察，看起來似乎不是舊成員，也如他一般是來參加活動的。

簡志招呼道：「過來吃點東西吧，負責準備餐點的女社員很強，很好吃的！」

姜子牙也不客氣地跟著簡志過去餐區，反正他是有加入的打算了，也不算白吃白喝，倒是頗心安理得。

「姜子牙？」一個女生驚呼。

姜子牙一怔，看向叫喚的人，那個站在湯鍋附近負責盛湯的女生不正是林芝香嗎？

林芝香有些緊張地問：「你、你怎麼來了？」

看見她的神色，姜子牙有點不知該怎麼反應，打從超市事件後，他還以為這女生會找過來，結果她完全沒有來，彷彿他們沒有一起在超市逃亡過似的，雖然那時的她確實有點恍恍惚惚的。

路揚說這不奇怪，許多人遇上這種事後，恨不得忘得一乾二淨，首先會躲著所有相關人事物，再來會開始疑惑那只是一場夢，接下來就漸漸忘記這是真實發生過的事情，歸類於夢、電影甚至是小說漫畫。

但現在，林芝香這種反應，恐怕還沒有忘記吧？

「他是我拉來的新社員喔！」簡志興奮地說。

喂喂，他還沒答應呢！姜子牙翻了個白眼，但一看見簡志拚命用眼神打來的暗示，後方的天使也用擔憂的眼神看過來，他只能摸摸鼻子點頭了。

「你要加入？」林芝香愣了一下，「喔，你加入這個社團倒是也沒錯。」

這話怎麼說得這麼奇怪？姜子牙皺了下眉頭，隨後想到周圍恐怖的氣氛，好吧，最近發生的事情是有點恐怖。

「你們認識啊？」簡志好奇地問。

「呃，也不算認識，有一次她在學校餐廳昏倒，我和朋友送她去過保健室。」

簡志看看兩人尷尬的表情，這怎麼樣都不像見到救命恩人該有的神色吧？他摸摸鼻子說：「我還以為你們是分手的情侶。」

「沒那回事！」姜子牙沒好氣地說。

林芝香漲紅臉，明白自己的態度不對，連忙解釋：「那次，我中途醒過來，搞不清楚狀況，把他當作壞人了，所以打了他一巴掌。」她一邊說一邊打著暗示給姜子牙。

「喔……」簡志同情地對姜子牙說：「你還真衰。」

「也沒什麼。」姜子牙只能應下了，一個個都跟他打暗示，真不知在搞什麼。

見蒙混過去了，林芝香鬆了口氣，連忙問：「要吃點東西嗎？你還沒吃晚餐吧？」

姜子牙點了點頭。

林芝香立刻七手八腳裝了兩盤食物和一碗湯過去，姜子牙拿不了，還得出動簡志幫忙。「不夠再來拿。」

姜子牙一揚眉，這是把他當豬餵，還是表達善意？

「謝了。」就當作後者吧，好歹曾經共同亡命一場。

拿著大量的食物，姜子牙只能先坐到位置吃晚餐。先別說，這食物還真的很不錯，雖然比不上對門的萬能管家，但這程度已不輸一般主婦，和自家姐姐都有得一拚，通常學生弄出來的活動餐點別說好吃，能吃就算不錯了。

簡志笑咪咪地說：「不錯吧？林芝香的手藝很好，每次活動都是她負責食物。」

「你不吃嗎？」姜子牙覺得獨自大吃大喝，感覺有點不好意思。

「我們社員都先吃過了。」

「喔。」姜子牙點了點頭。

「你慢慢吃，我先去幫忙招呼其他人，有什麼問題儘管來找我。」

「對了，你們社費怎麼算？」姜子牙問了十分實際的問題，他現在可是欠債人士，錙銖必較！

簡志雙眼一亮，壓低聲音說：「如果你加入的話，我可以幫你弄到免社費喔！」

……到底是有多缺人啊？

姜子牙突然不敢答應了，現在社團有這麼難招人嗎？頂著簡志和天使雙重期盼的目光，他硬著頭皮說：「我先看看活動合不合興趣吧。」

「喔……也是啦。」簡志和天使都露出一副枯萎的可憐樣。

姜子牙覺得自己簡直罪大惡極，但是這社團缺人缺到社費都免了，聽起來就是哪邊有問題，還是先看看好了，如果只是因為太無聊而沒人來，那他就加入湊個數，如果是別的原因，那還得好好考慮一下。

姜子牙吃得快撐死，才把手上的食物都吃光，這時活動也差不多快開始了，人不但沒變多，反而比剛剛還少，不會是吃飽就閃人了吧？這也太沒良心。

無奈地，這猜測似乎是真的，幾名看起來像社員的人表情都有些落寞，姜子牙算了算，坐在椅子上，應該不是社員的人，還不到十個，這可是連自己都算進去的結果。

接下來，活動正式開始，幾個社員輪流上臺介紹各地的鬼屋和一些鬼故事，秀出許多靈異照片，然後也多方查證，證實有些是假的，但有些傳聞卻似乎真有其事，沒有辦法否認。

姜子牙點了點頭，弄得還挺有模有樣的，看恐怖片之前，先說說鬼故事，肯定會感覺更恐怖，只是這招對自己沒用而已，從小到大，他什麼東西沒看過？更何況，發光的天使還飄在講臺旁邊，實在恐怖不起來啊……

「那麼接下來就請大家欣賞影片，據說是由真人真事改編，當然事實如何，就看各位的判斷了。」

接下來的恐怖片播映，姜子牙也看得津津有味，他不知道多久沒看電影了，看來這社團也沒什麼糟糕的，或許只是大家比較喜歡更有活動性的社團？

電影播完，他回過神來，突然覺得芒刺在背，立刻回頭一望，所有社員都站在後方，充滿期盼的眼神。

其他位子都空了。

姜子牙覺得壓力很大……

簡志頎著所有社員的期盼目光，走上前詢問：「那個，子牙，你覺得活動怎麼樣？」

「呃，不錯啊。」這是實話，姜子牙講得倒是沒什麼壓力，偶爾來社團看看電影確實不錯，只是可不可以不要這麼集體看著他，真的覺得有種被逼良為娼……不，是逼入社的感覺。

「那加入我們社團吧？」簡志滿懷期盼地看。

姜子牙遲疑了一下，想來就是個社團，就算真的很糟，退出就是了，學校也沒有不能退社的規定，而這裡都是學生，林芝香也在裡面，想來也不會是個「邀約」。

他點頭同意了，「好吧。」

「太好啦！」簡志激動得差點跳起來。

其他社員也是滿滿的開心神色，高呼：「我們終於湊滿社團最低人數，不用解散了……呃！」

眾人突然發現自己說了實話，全都緊張兮兮地看向姜子牙。

原來如此，難怪連社費都免了。姜子牙回給眾人無辜的笑容，裝作不知道他們在緊張些什麼。

接下來，其他人立刻拿來入社申請書，連筆都準備好了，然後統統在旁邊圍觀，讓姜子牙有種自己正在簽賣身契的感覺，幸好上面是寫入社申請書沒有錯。

「簽名就可以了，你是外文系沒錯吧？其他都幫你填好了。」

姜子牙點點頭，簽上名，然後正式成了社員，遞回申請書，順便問：「每次活動時間就是播放電影嗎？」

簡志笑瞇眼，低頭看著入社申請書，隨口回答：「當然不是啦，我們又不是電影研究社。」

「……不然你們是什麼社？」姜子牙覺得自己可能犯了很大的錯誤。

簡志一怔，心虛地看向他，緊張地說：「我、我們是靈異怪奇現象研究社啦。」

……難怪要倒社！

「你以為我們是電影研究社嗎？」林芝香訝異地問：「簡志沒跟你說？」

姜子牙面無表情地搖了搖頭。

簡志連忙說：「我是沒說過，但傳單上有啊！」

哪有？姜子牙狐疑地看著他，後者連忙去拿了傳單，但因為現場昏暗，根本看不見字體，他又立刻去開了燈。

姜子牙還來不及研究傳單，卻先發現周圍的環境不太對勁，地板上一塊塊黑黑灰灰，根本看不出原色到底是什麼，四周牆面斑駁充滿水漬，有些地方還在滴水，下方多半放著一個水桶接水。

走廊兩邊的房間，窗戶沒有玻璃，有的甚至連門板都沒有，裡面的狀況比大廳還糟糕！這裡何必佈置？不關燈還比較像恐怖片現場啊！

簡志心虛地說：「因為之前地下室堆滿雜物又漏水，學校沒有人手可以整理，所以當初只要我們幫忙整理乾淨，他們就把整個地下室給我們用。」

果然天下沒有白吃的午餐，看這個模樣，當初的狀況一定恐怖到不行，難怪沒有社團肯來接手這個地方，姜子牙看著這只有十來個人的社團，突然滿敬佩他們，這麼少人要把整個地下室整理出來，一定花了不少工夫。

「我們有努力粉刷過喔！不過，天花板和牆壁會漏水，粉刷也撐不了多久，抓漏的師傅說這個難處理，要不少錢，所以我們還在跟學校申請經費。」

簡志一邊解釋一邊偷瞄姜子牙的神色，他們真是沒有辦法了，雖然學校很感謝他們幫忙整理地下室，可是社團規定就是規定，一定要達到最低人數，社團才能繼續存在，沒辦法通融。如果姜子牙不肯加入，他們就真的要倒社了！

姜子牙收回檢視環境的目光，低頭看向傳單，上頭有行美術字體是這樣寫的：

喜歡靈異嗎？看過怪奇現象卻不知發生什麼事，也沒有人可以分享嗎？快來入社一起研究吧。

「靈異怪奇現象研究社」幾個字的字體和其他字不同，但若不知道這個社團的名字，絕對不會把這些字湊在一起。

姜子牙有種想噴口血在傳單上的衝動。靈異怪奇現象研究社？你們乾脆叫詐騙社好了！

「同學……」

姜子牙抬起頭來，看見一個臉色蒼白的男同學走上前來，整個人又白又高瘦，兩顆黑眼圈深得被拳頭揍過一樣，腳步還挺虛浮，整個人真是幽靈一般的存在。

姜子牙有點無言，若是在路上看見，他肯定會把對方當作那些亂七八糟的東西，直接無視走過去。

「你好，我是社長徐喜開。」

「我是姜子牙。」姜子牙說出名字，對方不怎麼驚訝，想來簡志應該提過了。

徐喜開帶著靦腆的笑容說：「姜同學，就算你不想來參加社團活動，可不可以幫忙湊個人數，不要退社呢？」

聞言，姜子牙覺得這倒是不錯，當然，他也不會真的都不來，這樣對姐姐也交代不過去，他至少要說得出社團都在做些什麼，不過研究靈異現象這種社團，還真不知道姜玉會有什麼反應？

就自家姐姐那個德行，八成只會說好像很有趣的樣子。

想到這，姜子牙點頭答應了，「我會來參加活動，只是可能不能常來，尤其是週末，我得要打工。」

週末，九歌書店比較忙，他說不出請假這兩個字。

「那沒問題。」徐喜開立刻點頭答應了。

這時，現場響起一陣手機鈴聲，聲音很近，姜子牙看向徐喜開。

對方好意提醒：「是你的手機在響吧？」

姜子牙一怔，這才想起是自家新手機的鈴聲，還是路揚設定的什麼最新流行歌曲，連忙接起來一聽，果真是路揚的聲音。

「社團怎麼樣？」

「還好，我已經加入了。」

「那順便幫我填個入社申請單吧？還是得本人過去才行？」

姜子牙低聲說：「但這是研究靈異現象的社團，你確定要來嗎？」

「……你還真會挑。」

他無法反駁這句話。

「去啊，幹嘛不去？記得幫我填單，啊，菜上了，我先吃飯。」

姜子牙回了聲「慢吃」，然後掛斷電話，說：「我同學也要加入，再給我一份入社申請書……」

話沒說完，徐社長和簡志就衝上來抱住他不放，看他的眼神比看熱戀中的愛人還熱切。

「救命恩人！」徐喜開都快哭了。

姜子牙覺得站在旁邊的林芝香比較有資格這樣叫他。

「你果然是個好人！」簡志緊握住姜子牙的手，「我真的沒有看錯你！」

好人卡一張到手。姜子牙無奈了，偏偏這兩個大男生看起來都快哭出來了，他真不知怎麼回應，只得四下張望有沒有人可以來幫個忙。

林芝香笑了出來，走上前來，拉開兩人給他解圍。

「所以，社團活動都在做什麼？」姜子牙覺得自己還是先了解一點，到時跟路揚商量好要怎麼應對。

徐喜開認真地說：「研究各種無法解釋的靈異現象。」

「有沒有更具體一點的？」姜子牙覺得實際社務一定不是這個社長在處理。

「鬼屋探險。」林芝香簡單說。

「……真是簡單明瞭。」

姜子牙看了林芝香一眼，沒想到她會喜歡鬼屋探險。怎麼，之前的經歷還不夠恐怖嗎？他自己若不是有一隻擺脫不掉的眼睛，才不會想接觸這種事。

簡志帶著期盼的目光說：「這個禮拜四就有活動，你和你同學要不要來呢？」

「去鬼屋嗎？會不會很遠？」

「就在學校啊，是探索校園傳說。」簡志有點忐忑地說：「不過時間是從晚上十二點開始，我們有跟學校申請過的，所以不用擔心違反校規。」

「好，我參加，我之後再問問同學去不去。」

聽到地點，姜子牙點頭了，這個地點倒是不錯，學校這麼熟悉的地方，真有什麼恐怖的妖魔鬼怪，也早就被路揚滅掉了吧？

不過是一場半夜的郊遊，就去吧！

路揚收起手機，看向餐桌對面的人，有點高興又有點怨氣。

「姜同學還好吧？」男人關心地問。

「嗯，好得很，還加入靈異現象研究社，我真服了他，嫌自己身上的『靈異事件』還不夠多嗎？」

男人淺淺笑了起來，一雙綠眸和帶點滄桑的臉龐相當有魅力，五官和坐在對面的路揚看起來驚人地相似。

「爸，你說實話，媽這幾天真的有可能趕回來嗎？」

Lewis，中文名是劉易士的男人帶著歉疚地笑說：「我想機率不高吧，古墓裡的棺材群聽起來狀況不是很妙，你媽光是和當地團隊討論處理方式，可能就要耗去很多時間，更不用說實際解決了。」

路揚看著桌上預定的一整隻烤鴨，滿肚子惱怒，本來想說全家好好吃一餐，還特地訂了這家名店的包廂，怕烤鴨賣光就預定了一隻，還是大隻的！結果沒接到媽媽，又被放鴿子的外公惱怒甩袖回家去，外婆只好跟著回去勸慰，但預定好的烤鴨可沒法退貨，只好兩個人吃一隻肥鴨，吃得滿肚子鴨油。

「Sorry, sweetheart，你媽也很想回來看你，但那個事件太緊急，聽說已經出好幾條人命，拖不得了。」

路揚狠狠咬了一口鴨腿，說：「在臺灣別把兒子叫做甜心，太噁心了！」

更何況，哪次不是緊急事件，次次都緊急，不是媽緊急就是爸緊急，哪天才能全家吃頓飯？

「是的，寶貝。」劉易士表示知錯能改。

很故意喔！路揚白了父親一眼，但意外地心情好了點，催促說：「繼續吃烤鴨吧，冷掉就不好吃了。」

劉易士點點頭，連吃幾片烤鴨後，暗暗讚嘆兒子選這餐廳選得真好，好久沒吃到這麼好吃的菜了，夫妻倆長年在外奔波解決堆積如山的案子，常常連個熱飯都沒空吃。

吃了個半飽，他才慢條斯理地開口：「那對姜姓夫妻是姜尚和楊佳吟，我和你媽認識他們。」

路揚的筷子停在半空中，但這消息不意外，連阿公都聽過的道上人，應該小有名氣。他反問：「很熟嗎？」

「不算很熟。」劉易士坦然地說：「那對夫妻很排外，當時我不知為什麼，其實我們在案件中遇過許多次，當場談天說話都挺愉快的，又都是少見的夫妻檔，所以本想更進一步互通消息和合作，但他們卻退縮了，本來以為姜尚只是太過謹慎，現在聽你說完事情經過，才終於明白是怎麼回事。」

路揚幾近無聲地說：「真實之……」

「別！」劉易士沉下臉，說：「永遠別開口說出那幾個字，你也必須這麼告誡姜子牙，一切有可能外洩的可能性都必須徹底杜絕。」

路揚一凜，立刻點頭，隨後問：「那我是不是不該帶子牙去出任務？」

「不，帶他去吧。」劉易士仔細吩咐：「你外公說的對，他該多了解這個世界，而且能夠看穿妖物的人很多，尤其是道上人，只要他也是道上人，那麼反而可以解釋身邊很多異狀，別人不太會起疑心，畢竟道上人的能力和道具都很多樣，你看當初姜尚夫妻也是明白表示自己是道上人，掩蓋他們的天賦能力。」

路揚點頭表示知道了。

劉易士沉吟道：「不知道是姜尚或者楊佳吟有這種能力？」

「似乎是母親。」

劉易士點了點頭，卻突然閃過與這兩人的幾次相處，那個姜尚似乎並不比楊佳吟來得平凡……

「爸？」

劉易士回過神來，見兒子不解地望著他，笑說：「讓我看看你的劍。」

路揚一愣，突然有種心虛的感覺，但還是如言喚出劍來。

一看見劍的模樣，劉易士便是強烈的一震。

它竟如此清晰，簡直像是一把真正的劍，只是被淡淡的霧氣圍繞而已。

路揚也知道劍的狀況不對……倒不能說是不對，該說是非常好，好得過了頭，反而讓人非常驚恐！

他不安地說：「自從被子牙看過以後，劍的形體就越來越清楚，時間越久越誇張，阿公看到的時候，臉色很差，我問他這是怎麼回事，他只回我『命中注定』這四個字，我實在聽不懂，但爸你也知道阿公不能多說。」

「命中注定？」劉易士的臉色更沉了。

這是不好的意思嗎？路揚想到外公和父親的臉色，看起來都不像是好的。

劉易士思考好一陣子，才開口說：「你身附天生靈物，這是很少見的狀況，稀罕的程度大概僅次於姜同學的能力。」

路揚點了點頭，這很早就知道了，若不是他生在清微宮，而是一般家庭，恐怕早就被道上人拐走了，幸好這些能力多半是家族遺傳，不然拐小孩事件一定比現在多很多。

劉易士皺眉道：「你們兩個都是很稀罕的狀況，卻正好湊在一起，恐怕結果若不是大好便是大壞。」

路揚一聽，頭都痛了，寧可要中間值，也不想賭那個大好或大壞，可惜這種事永遠都沒得選擇。

劉易士認真地說：「小揚，如果我讓你別再跟他往來呢？」

聽到這問題，路揚一怔。別再跟子牙往來？

他皺著眉頭思索，說實話，自己和姜子牙是高中才認識的同學，現在也不過大二，認識大概五年不到的時間，兩人的情誼當然是深的，但現在的大好或大壞抉擇卻是攸關性命的事情，所以，這個問題其實是在問他能夠為姜子牙送命嗎？

這時，路揚想到之前的事情，突然覺得自己傻了，這抉擇根本已經做過了！最近發生的事情沒有一件是他真的有辦法處理的，若不是其他人插手，自己多半已經掛了，這時才來探討願不願意為對方送命，也太蠢了。

路揚搔了搔臉，坦然說：「我是不想對子牙說出絕交這種話啦，沒有別的辦法嗎？」

劉易士眨了眨綠眼，坦承說：「有，別聽我的，反正我只是隨便問問。」

「……」突然有種想揍爸爸的衝動該怎麼辦？

劉易士坦承：「如果你們湊在一起不是大好就是大壞，那分開可能就是大壞和大好兩條路，挑什麼有關係嗎？」

路揚皺緊眉頭，難道他和子牙真的注定會認識？這還真是詭異，好像是被安排好的，感覺非常差。

「能說得更清楚一點嗎？」

「當然可以，我又不是你外公，不過就因為不是你外公，所以我的話不一定正確，只是根據經驗來的猜測，你必須自己按照情況去做判斷。」

路揚點了點頭。阿公看得太透徹，結果就是不能輕易點破，否則事情不但會牽扯到自己身上，而且還會起變化，本來還有大好和大壞的選項，一旦被戳破，加入變數，可能就剩下其中一個選項，而且怕什麼就來什麼，多半都剩下大壞這結果。

「你擁有剔，習武天分又高，若沒有界的影響，道上鮮少有人是你的對手，而姜子牙讓你的剔變得更加強悍，本身又是破界的高手，你們兩個搭起來，就毫無弱點了。」

劉易士說出自己的猜想：「你外公說的命中注定，或許大概是這個意思吧。」

路揚點了點頭，確實是這樣沒有錯。「那麼大好和大壞是指我能保護他，兩個一起活，或者反過來只能一起死，這樣嗎？」

「我不知道，兒子，我真的不知道。」

劉易士看著兒子，卻不忍繼續說下去。

真實之眼和身附天生靈物，命中注定相遇，難道就只是為了一起生或死？

一定有什麼更大的事情，更重的負擔，不知結果的磨難正等著這兩個年輕人。

「接下來，我和你媽盡量輪流待在臺灣好了，至少有一個在。」

劉易士沒辦法看著自家兒子面對未知的「命中注定」，雖然家裡有外公在，但阿路師本身的限制太多了，能夠幫的忙很少。

但是，他也不敢把話說得太滿，老婆向來看得比自己還開，搞不好會來句「既是命中注定，我們在場多半也沒有用」，或者是「都不知道事情什麼時候會發生，難道你想守著兒子一輩子嗎」之類的言論。

聞言，路揚努力克制喜意，隨口說：「好呀，反正阿公那邊積了一大堆案子，我做也做不完，你們正好回來幫忙。」

「臺灣的道上人也不少，怎麼會累積很多呢？」

路揚雙手一攤，說：「事多錢少的工作總是沒人要接的，清微宮的收費雖然不低，可是要請到同樣等級的道上人，那收費可能是我們的五倍起跳吧。」

「五倍？」劉易士嚇了一跳，「你的五倍還是你外公的五倍？」

路揚笑了，他家父母是真的太久沒回來了，「當然是外公的五倍，爸啊，你都不知道我現在比外公還搶手，就是因為我物美價廉，而且熟人用手機就可以委託案件！」

劉易士點了點頭，說：「你還年輕，辛苦點多接案子吧，看看能不能把價錢打下來，這價位也太誇張了，一般人哪請得起，我們做這行可不是為了發大財，這樣想是不對的。」

路揚沒好氣地說：「我還要上學呢！晚上都忙到沒時間寫作業了，就算想寫，我根本沒看書，一大堆都寫不出來！最近的考試都是子牙直接整理重點讓我背，才低分飛過去，再多接案子下去，畢業證書都要拿不到了啦！」

劉易士不置可否，雖然他覺得外文系畢業證書對清微宮下任接班人是沒什麼加分的效果，除非路揚想要去國外發展業務。

大概是小時候在國外飛來飛去的關係，這孩子變得很討厭出國，大一點就再也不出去了，堅持要待在臺灣上學，夫妻倆只好把孩子丟給外公外婆養，雖然有時會想兒子，不過兒子喜歡上學，怎麼也不能算是壞事吧？

「但有些時候，你的剔真是好用啊……」

路揚白了自家父親一眼，剔比兒子好用就對了，他都要吃一把劍的醋了啦！

這時，手機傳來訊息提示音，路揚一聽便知是姜子牙傳來的，立刻低頭看手機。

劉易士也不稀奇，逕自吃著鴨骨粥。他兒子很早就是手機重症患者，但這也是他們這對父母害的，當年在國外，他們就是發一支手機給孩子在各種地方待命，旅館、餐廳或兒童樂園等等。

兒子沒養歪真是不容易啊！劉易士覺得自家大概把育兒手冊上寫著不可以這麼對待孩子的事情全都做過了，兒子還長得這麼正，真是祖上積德……不過就算真的歪了，八成也會被老婆和外公打到正，根本沒有歪的可能性。

姜太公釣魚中：社團說週四半夜要探索校園傳說，我想說是校內，直接答應了，沒關係吧？

路揚一揚眉，不錯嘛，開始會傳訊息過來了。

想剔牙：你家比學校危險多了。

姜太公釣魚中：去！那你要來嗎？

想剔牙：當然啊，幫我報名。

姜太公釣魚中：ＯＫ。

看見那個大喊「等你唷」的圖像，路揚笑了笑，學得倒挺快的。突然，他玩心一起，立刻轉換成拍照模式，拉著正在喝粥的老爸玩自拍，一拍完就立刻傳過去。

姜太公釣魚中：那根本是你哥吧？你們是雙胞胎喔！

劉易士露齒一笑。

「我喜歡這孩子。」

姜子牙看著父子照，先是疑惑怎麼母親沒入鏡，但想到路揚說不見得兩個都會回來，看來這次是媽媽爽約了，他不由得為路揚嘆息，但看對方還有閒情逸致玩自拍，大概也不是什麼大事。

姜子牙把手機收起來，開了門，隨口說：「我回來了。」

「回來啦。」

客廳只有江其兵在，他抬起頭來上下打量著姜子牙，說：「今天這麼早，不是去書店嗎？」

「跟老闆說好，以後週五、六、日才過去，其他時間我要去幫路揚。」

聞言，江其兵皺了下眉頭。

姜子牙連忙說：「不過今天不是去幫他忙，只是去社團活動。」

江其兵點頭說：「這樣才對，大學生就該好好享受大學生活，你參加什麼社團？」

「靈異怪奇現象研究社。」姜子牙硬著頭皮說出這個答案。

聽見社團名稱，江其兵看著自家妻弟，都不知道該說什麼了。

「我本來以為那是電影研究社，去看恐怖片的……」

姜子牙把事情一五一十地交代了。

江其兵笑了出來，這妻弟真傻得不知該說他什麼好，輕鬆地說：「聽著應該也沒什麼，多半是學生玩玩而已，你入社後正好也可以看著點，別讓他們玩過火了。」

「路揚也入了社。」姜子牙特地提出來。

「那就更沒問題了。」江其兵還是不太敢置信地說：「沒想到路揚就是代號『剔』的道上人，他可是很有名的，收費也很公道，只是沒有門路的話，聯絡不上他。聽說，剔很挑案子，常常一個月做不到十件，而且幾乎只做本市的工作，不太願意外出。」

「他只是要上學而已。」

路揚可是乖乖上課的好學生，作業大概是真的沒有辦法了，再花時間寫作業，大概都不用睡了。

「是啊。」江其兵苦笑地說：「真沒想到是因為要上學。」

「而且他接的案子應該不只一個月十件，有些是免費的，有些是警方的案子，好像沒有公開，所以他忙得作業都寫不了。」

姜子牙想到之前路揚還總是來九歌書店賴著不走，大概是真的累了，賴在那裡當作休息，最後心不甘情不願地離開後，多半是去「降妖伏魔」吧？

「原來如此。」江其兵點頭說：「真是辛苦，這工作不好做，而且很多事……」他嘆了口氣，繼續說：「不是一個孩子該知道的事情，但聽說剔接案有好幾年了。」

「是啊，他說自己十歲就會隨手拍死妖了。」姜子牙索性把背包丟到沙發上，直接坐下來，先問了句：「姐她們都睡了？」

「嗯，剛進去哄江姜……哄兩個孩子睡。」江其兵停頓一下，改了口。

兩人對看一眼，沒有開口說話。

現在，江其兵已經知道小雪的真實身分，之前小雪消失一段時間後又被姜玉帶回來，這破綻大得瞞不過人，所以，姜子牙跟路揚商量完後，覺得乾脆跟姐夫說開來，一了百了。但兩人卻沒有跟姜玉討論過這件事，每次提起，她看起來就像不懂他們在說什麼，只把小雪當作自己女兒。

這種狀況讓兩人都感到有點憂慮，姜玉忘得這樣徹底，這狀況到底是好是壞呢？

對門鄰居一口咬定這樣才是對的。

**你們兩個要不是一個有眼睛，一個從事除妖工作，本來就該跟著忘記，說不定哪天小雪就成真了呢！反正你家不知不覺就出現一個真，哪天再出現一個也不奇怪。**

當然，這話是對著姜子牙說的。江其兵並不知道江姜也有問題。

另一邊，路揚回家問了阿路師，只得到一句「這小事」。

這答案讓姜子牙和江其兵都抹了一把汗，多出一個娃娃當女兒是小事，真不知道對阿路師來說，什麼程度才算得上大事？

這時，一聲鈴響，姜子牙已經聽得出這是自家的鈴聲。

「嗯？」

姜子牙看著手機上的訊息，無言以對。

**驅魔神探申請加入你的好友。**

……誰來跟他澄清這絕對不是路揚他爸？

# CH.2 道上人

## 節之一・首次任務

「哥哥，早安！」

「牙牙哥哥，早！」

姜子牙懶洋洋走到客廳，率先收到兩個小女娃的早安攻勢。

「早啊，江姜、小雪。」

姜玉眨了眨眼，疑惑地看向牆上時鐘，現在不過才七點鐘，沒想到會這麼早看見弟弟，好奇地問：「怎麼這麼早起，我記得你今天不是下午才有課嗎？你姐夫都還在睡呢。」

「要跟路揚出去。」姜子牙打了個大哈欠，昨天正要睡覺的時候接到路揚的查勤電話，對方遲疑地說早上有個任務，問他要不要過去。

姜子牙當然立刻說好，還怕被扔下呢！

姜玉點了點頭，也沒多問，反正男生多半是要去打球。

「我去給你弄點早餐。」

「幫路揚也弄一份，用紙袋裝，我帶去跟他一起吃。」

「好，那你幫我看一下女孩們。」姜玉頓時興奮得差點要摩拳擦掌了，兩個大男生可以吃掉的早餐分量可不小，她這個專職主婦要來好好大展身手！

看著姐姐那副高興的模樣，姜子牙也不意外，她本來就喜歡煮飯，雖然比不上對門管家的手藝，但正常人還是別想跟不是人的傢伙比較了。

「牙牙哥哥。」小雪高興地扯了扯姜子牙。

姜子牙立刻會意地坐到沙發上，一把抱起小雪，放到大腿上，開始餵她吃早餐，另一邊，江姜也不吃醋，努力用小湯匙吃早餐，若是有人想餵她，還會不高興呢！

小雪輕聲說：「牙牙哥哥，你要跟路揚哥哥去那個嗎？」

姜子牙覺得這話聽起來不太對勁，但別跟三歲小孩計較用詞了，畢竟已經說好不在家中提任何關於幻虛真的事情，小雪改用那個這個來代替，難道還能怪三歲小孩的詞彙太少嗎？

「是啊。」

小雪皺著小眉頭，不放心地說：「那哥哥要小心喔。」

「放心吧，一切都有路揚呢，我就是去『看看』而已。」他特別強調這兩個字。

小雪點了點頭，認真地吩咐：「那你要牽好路揚哥哥的手，緊緊跟著他喔。」

「……這個有點困難。」

小雪嘟起嘴來。

姜子牙只好刪除前面一句，承諾：「我會緊跟著他。」

原本安靜吃東西的江姜舉著小湯匙，說：「這樣才是乖哥哥。」

姜子牙無奈了，一個撒嬌黏人，一個小大人樣，就算目前長得一模一樣，但還真的非常好分辨，光看表情就知道哪個是哪個。

一陣香味傳來，姜玉從廚房走出來，手上還拿著一個大大的牛皮提袋，說：「子牙來，這些給你。」

姜子牙一拿過來，就知道今天連午餐都不用煩惱了，姐總是覺得大男生就該吃很多，然後把他當豬餵，這次有兩隻豬，所以這袋早餐的分量直接加三倍重了。

「那我出門啦！」

一打開門，他便是一愣，對面的房門也正開著，門口站著一個人……嚴格來說，是一個名為管家的妖。

對方沒有再穿著那身正式到有點可笑的衣服，而是淺色襯衫和軍綠色牛仔褲，看起來就像一般人，很帥的那一種，手上還拿著一個袋子，裡頭傳來的香味不輸姜子牙手上這一袋。

管家微微勾起嘴角，「早安。」

沒想到這樣也會撞見，姜子牙硬著頭皮說：「早。」

「我正要送一些剛烤好的麵包和餅乾去你家。」管家一邊說一邊拿出幾個麵包，問：「你手上那個袋子放的是早餐吧？順便放一些麵包進去好嗎？」

面對這無法拒絕的誘惑，姜子牙只能乖乖把袋子打開，讓管家把一個像是派的東西和幾塊麵包放進去，有預感連晚餐都有著落了。

放完，管家微笑說：「好了，希望您會喜歡這次的法式鹹派和起司堡，那麼就……再見？」

「喔，再見。」

姜子牙也覺得不能再拖下去，跟路揚約好的時間都快來不及了，道別完就急匆匆跑下階梯，才走沒幾階，卻突然有種異樣的感覺。

感謝您答應邀約，我們一定會再見面的。

他猛然回頭一看，管家仍舊是微笑的模樣，見姜子牙回頭，還揮揮手道別，看起來完全沒有不對，反而還有種鄰家大哥哥的親和感，雖然外貌還是一樣帥，卻不再有那種雜誌模特兒的疏遠感。

「……」姜子牙有種預感，這一次，御書是真的會打死他吧？

帶著歉疚和忐忑的心情，姜子牙在約定時間……的半小時後趕到了。

雖然路揚正低頭看著手機，沒有等得不耐煩的意思，但姜子牙還是滿心歉疚，上工第一天就遲到，太誇張了，簡直必須開除啊！

「對不起、對不起！早上耽擱了一下，路上又很塞。」

路揚抬起頭來，倒不是很在意，正好趁時間看資料，「怎麼耽擱了？你家沒事吧？」

「沒事……」姜子牙遲疑了一下，還是把早上跟管家相遇的事情一五一十地說出來，他實在太擔心了，可是又不敢去問御書，真的會被她拿刀砍掉啦！

路揚白了他好幾眼，沒好氣地說：「不是告訴過你好幾次，不要答應邀約嗎？」

「我怎麼知道連『再見』也是邀約啊！」姜子牙簡直要崩潰了，千防萬防，結果說句「再見」就破功，這叫人從何防起？難道都不要說話了嗎？

聞言，路揚皺緊眉頭，說：「雖然是你懂得不多才著了道，但是那個妖居然能靠區區一句話就和你達成邀約？這也太威了吧，他不是幻妖嗎？就算意外成了虛，照理說應該也不會太強。」

他想不通，又覺得擔心，乾脆打電話回家問問父親，既然好不容易回家了，當然要充分利用！

「因為姜子牙讓他成了虛，算是他半個主人吧，所以才會那麼容易達成邀約，不用太擔心他，一個幻妖而已，真的有問題就用剔除掉他吧，哈啊……」

說到這，劉易士打了個大哈欠，說：「我時差還沒調整過來，先睡了。」

路揚一揚眉，看向姜子牙，剛才的對話早已用擴音播出，不用再複述一次。

「我能砍了他嗎？」

「御書會砍了你。」姜子牙覺得最好不要惹到對門鄰居，否則可能會有比妖怪出現更恐怖的事情發生。

路揚哼哼兩聲，傲然說：「我可不怕她。」

「你又不住在她家對面！」姜子牙惱怒地說：「而且管家還救過我們呢！」若不是管家及時出手拉住即將墜樓的他和路揚，他們兩個都摔成肉醬了，還能拿剔去砍人家嗎？

路揚也覺得自己不厚道，但是妖物這樣的事情哪能講厚道，改天若是管家真的惹出人命，這筆帳到底該怎麼算？他煩躁地說：「反正你多注意他一點，真的有問題一定要處理掉，否則要是他鬧出人命，你這傢伙肯定會後悔一輩子！」

姜子牙點頭了，他倒是不怎麼擔心人命的問題，就算管家真的會殺人，那也是御書首當其衝，他可不覺得對方會這麼容易掛掉。

路揚也不再糾結這點，想來姜子牙家裡的問題比一個成虛的幻妖來得嚴重多了，兩相比較下，管家真算不上問題，說不定還是個助力，照自家父親的說法，姜子牙是管家的半個主人，就算這妖要反撲噬主，前面也還有個御書擋著。

「早餐呢？」路揚聞到食物的味道，這才覺得餓了。

姜子牙遞上早點袋，路揚接過來，一打開，直接笑了。

「你是餓死鬼投胎喔？」

「我姐把我們兩個當豬餵，管家在旁邊助紂為虐。」

「吃一天吧。」

「我也是這麼打算……」

兩人就這麼靠在姜子牙的機車邊吃早點，路揚邊吃邊問：「我傳過去的資料看了嗎？」

「看了。」

姜子牙想到那些資料就頭皮發麻，他還以為學校有路揚在不會有事，結果這次的案子還真的跟學校有關，就在隔兩條街的廢棄校地。

其實他也路過這裡許多次，但卻沒有多想，還以為是個工地，結果居然是廢棄的校地。

「據說本來要蓋宿舍，結果後來工地接二連三出事，最後還出了人命，所以就停工到現在，這是我們學校的校園傳說之一。」

還好路揚先來了，要不然等靈異研究社過來探險，真出事就不好了。

路揚搖頭說：「我找警察查過了，沒有那回事，當初興建的時候沒死過人，純粹是爆發收回扣弊案，停工查緝，後來又因為少子化，學生越來越少，學校大樓已經很夠用，所以才不了了之。興建出事的傳言大概是後來的學生自己亂編的吧。」

姜子牙啞口無言，原來是假的嗎？

「這樣的話，那我們來這裡幹嘛？」

「裡面接連死了六個遊民，病死、凍死、餓死，還有一個甚至沒什麼理由，就純粹心臟麻痺死了。」

路揚抬頭看著廢棄校區，外觀就像是個建築工地，但仔細觀察會發現裡面雜草叢生，還有幾幢建造程度不一的大樓。

「因為都不是他殺，時間也不是靠得很近，警察沒什麼理由調查，如果不是人數累積多了一點，他們也不會來查看狀況，來看的警察中有一個是我認識的，他覺得情況不太對勁，所以委託我過來看看。」

「他覺得哪裡不對勁？」姜子牙秉持新手的原則，有問題就問。

「很多，舉例來說，凍死的那一個是死在十月天。」

臺灣的十月天熱死人的機率應該比凍死高很多。姜子牙立刻緊張起來了，感覺果然不對勁。

見狀，路揚抓了抓頭，說：「你不用太緊張，也不一定有狀況，我常常查老半天卻是烏龍事件，總之先進去看看。」

姜子牙立刻點頭。

路揚從口袋掏出一大串鑰匙，說：「吃飽了，走吧。」

「你怎麼有鑰匙？」姜子牙好奇了，難道這是傳說中的萬能鑰匙？

「校長給的，廢棄校地接連死了六個人，他也很緊張，就算都是意外死亡結案，但這人數再死下去就要上新聞了，警察一過去，他馬上就給了。」

路揚打開老舊生鏽的工地大鐵門，催促說：「快進來，別引起太多注意。」

姜子牙立刻跟著閃進去，當路揚在鎖門的時候，他打量著周遭的環境，雜草叢生，連路都快看不見了，幾幢大建築物都蓋到一半，只有一幢看起來完整點，但也還是水泥外觀。

路揚低頭看著手機上的資料，確認是哪幢建築。

「你覺得是哪一幢？」他好奇地轉頭問姜子牙，真實之眼到底有多厲害呢？

姜子牙比著最完整的那幢建築物。

「……你看見什麼了？」路揚愕然，他只是隨口問問，並沒有想到姜子牙真的會看見什麼，這也太威了一點，還需要調查嗎？到現場看一眼就好啦！

姜子牙白了他一眼，說：「也就那幢能藏點東西，其他都只有鋼骨結構呢，還能是哪幢啊？」

「也對。」路揚摸摸鼻子，是他耍蠢了。

兩人朝著那幢建築走過去。

「我覺得好像沒有什麼緊張氣氛，這裡奇怪的東西還比較少呢！」姜子牙抓了抓頭，雖然已經知道妖不是只有晚上會出現，但大白天的，果然還是讓人感覺安心許多。

「有什麼奇怪的東西？你描述給我聽。」

「空中有一些妖精飛來飛去；大樓牆面的藤蔓開著一些像是食人花的大花；左手邊最濃密的草叢間有幾個人影蹲在那裡。」

路揚覺得要指望姜子牙發現不對勁，可能是個痴心妄想，這傢伙眼中看到的東西就沒一樣對勁的，怎麼分得出來？他自己都只看見人影蹲在草叢，根本沒有看見妖精和食人花，等等，經子牙這麼一說，那些地方好像真有些不對勁。

「窗戶有個白色人影閃過去。」姜子牙突然比著大樓，說：「在五樓。」

「你覺得不對？」路揚覺得一個人影似乎沒必要大驚小怪，都有好幾個蹲在草叢裡了。

「他剛剛的姿勢像是在看我們。」姜子牙老實說：「這種會注意到人的傢伙，通常比較麻煩。」

聞言，路揚皺了一下眉頭，說：「走吧，進去看看。」

兩人直接進了大樓，裡面十分空曠，只有一些雜物堆放在牆邊，還能看到棉被等物，看來這裡沒少被遊民當作棲身之所，隱約還能聞到一股惡臭飄來。

「這臭味好像是什麼東西腐爛的味道，該不會有屍體吧？」姜子牙苦著張臉，雖然亂七八糟的東西看得多了，但是實際看見屍體的話，恐怕還是不一樣吧？光是這臭味就讓人退避三舍。

「可能是之前留下來的味道，這裡太少人來，那六個遊民的屍體都是隔了好一陣子才被發現，而且你覺得學校會花大錢來徹底清理嗎？」

「屍體是在哪一樓發現的？別讓我踩到那塊地面，謝謝。」

路揚聳肩說：「每一樓都有，這也是警察感覺奇怪的地方，他們簡直像是說好的，一人一樓，這幢樓不過才八樓而已，六個人卻都沒有重複樓層，從一樓躺到六樓。」

「還差兩樓？」姜子牙警覺地問。

「嗯，所以警察急著找我來看看，就怕還要躺兩樓。子牙，你幫我看看一樓有沒有問題。」

姜子牙到處走來走去，把見到的東西一一告訴路揚，後者越聽越是皺眉，不是沒有疑點，而是疑點太多了，看起來空曠的大樓充滿各式各樣的妖物，牆壁還亂塗著許多圖案，姜子牙甚至快分不出牆面上的塗鴉是真是假。

難怪這傢伙明明個性隨和卻沒有多少朋友，就這狀況，只要有個來往，想要不露餡都難！路揚十分感慨。

「聽著沒有什麼特別奇怪的，上樓吧。」路揚無奈地說。

看來要能好好利用姜子牙的眼睛，只能等對方比較瞭解這類事情，有辦法自行分辨出真正的疑點，這樣轉述下來，他也聽不出有什麼「特別奇怪」的地方。

「喔。」

走到樓梯前，姜子牙看著連扶手都沒有的粗胚樓梯，階面上有幾張臉正在呻吟，面容很模糊，幾乎只能看見眼眶和嘴巴三個洞而已，看著是滿噁心的，但這完全不是奇怪的景象，他幾乎每天都會在各式各樣的東西上面看見呻吟人臉，最常見的就是地面、牆面和鏡子。

為了不引起懷疑，他還常常被迫直接踩過去，踩著踩著也就習慣了。

嘗試踩上階梯，果然沒發生什麼事，姜子牙放心地跟在路揚身後往上走。

兩人才爬到三樓，突然聽見樓上傳來一聲尖叫，姜子牙還在發愣的時候，前方的路揚已經開始衝刺往上爬，一邊爬還一邊召喚出剔。

「子牙你待在這！」喊完就瞬間爬得看不見人影。

姜子牙呆了一下，怒到不行，他是來幫忙的，可不是來旁觀的！立刻拔腿跟著往上跑。

四樓、五樓、六樓……

姜子牙只能追著路揚，這是學校的建築物，占地頗寬廣，那聲尖叫只能聽出是從樓上傳來的，卻不能聽見更具體的所在位置，只好一間間地看，幸好這大樓只有隔間，連窗戶都沒有，只要跑過去就可看清裡面有沒有人。

途中，路揚也看見姜子牙跟上來，遲疑了一下，無奈地說：「等等上了六樓，我左你右，小心點，有事立刻大叫。」

姜子牙不甘示弱地說：「你要是又被界困住，也別忘記尖叫。」

路揚笑了出來，「是是是，保證叫得像被非禮的少女。」

兩人回到中間的樓梯，正想繼續往上衝的時候，卻看見一個人邊跑邊滾地從樓上衝下來，直接摔在樓梯間，龜縮在地上發抖。

路揚站到姜子牙面前，剔已經在一旁蓄勢待發。

「簡志？」

姜子牙沒看清對方的臉，但卻看清那個飛撲下來，用身體和翅膀護住簡志的天使，恍然大悟之前在窗邊看見白色影子的真實面目。

地上那人一怔，立刻抬起頭來，呆愣愣地看著姜子牙，整個人的神情恍恍惚惚，彷彿被嚇傻了。

姜子牙拍了拍路揚的肩膀，讓他別擋路，路揚稍微讓開一步，但也只是走在旁邊，兩人一起走上樓梯間。

「你怎麼啦？」姜子牙彎腰看著簡志。

簡志結結巴巴地說不好一句話，「樓、樓樓……樓上有……」

路揚不拖泥帶水地說：「我上去看看。」

姜子牙也不阻攔他，簡志都能跑下來，路揚更不會有問題，他還是在這裡陪著簡志，對方看起來快嚇破膽了，連帶旁邊的天使也是急得團團轉，那雙翅膀好幾次都打在姜子牙臉上了。

為了讓簡志回神，姜子牙不再問樓上怎麼了，而是好奇地問：「你在這裡幹嘛？這裡是廢棄校區，不能進來的吧？」

「你才在這裡幹嘛呢？」簡志高呼：「我是來幫週四的活動探路啊！」

果然社團差點要來這裡郊遊了嗎？姜子牙抹了把汗，還好路揚先來了。

簡志狐疑地問：「姜子牙，你到底來這裡做什麼？剛剛那又是誰啊？」

「呃，那就是我幫他報名加入社團的朋友，我們是來……」

姜子牙找不出理由，到廢棄校區能有什麼正大光明的理由嗎？如果現在是半夜，還能說是夜遊，但現在可是早上，有誰會一大早來廢棄校區玩的嗎？

樓上傳來路揚的喊聲：「子牙，你上來用手機拍個照，我正在報警。」

「好。」用手機拍照什麼的，路揚肯定比自己在行多了，這多半是找自己上去的藉口。

姜子牙低頭問：「你沒問題吧？」

簡志立刻點頭，隨後餘悸猶存地說：「很恐怖喔，你最好不要看。」

姜子牙笑了笑，沒回答，逕自走了上去。

路揚就站在大廳，朝他招了招手，說：「站在我旁邊就好，不要再靠近了。」

這提醒是多餘的，姜子牙不用走過去就聞到超恐怖的臭味，他走到路揚身旁，腐爛的惡臭更明顯，就算忍不住用手摀著鼻子都沒有用，那股臭氣彷彿會從毛孔鑽進來似的，擋都擋不住。

路揚好心地說：「屍體可以不用看，只要看看這房間有沒有什麼異狀，然後你就下樓吧。」

真虧你還能說話。姜子牙只敢點點頭，完全不敢說話，覺得自己一張嘴可能就會吐出來。

他快速地掃了一圈，也不敢多看靠在牆邊的屍體，便急匆匆地下樓。

隨後，路揚才慢條斯理地下來。

「警察等等就來了，我們可能需要去做個筆錄，別擔心，這個警察是我認識的大叔。」

簡志感動到不行地說：「太好了，我好怕警察把我當殺人凶手！」

路揚笑笑說：「不會啦，不然你先走好了，如果是我發現的，大叔不會為難我，倒是比較好解決。」

「真的嗎？」簡志有點狐疑，問：「可是我這樣不會被當畏罪潛逃嗎？」

路揚大笑，「放心啦，我看那應該是個遊民，不是餓死就是病死的，哪來什麼罪。」

見他這麼輕鬆，簡志不知不覺也放鬆下來了。

「你先走吧！」姜子牙也拍拍簡志的肩，說：「我這同學正好認識幾個警察，交給他處理就好了。」

而且你家天使緊張得左右來回飄，害他一直被翅膀打臉，快沒辦法裝作沒看見了。

簡志從沒遇過這種事，也混亂得不知該怎麼辦，雖然覺得這兩人出現在這裡很奇怪，但聽到可以先走，不用和警察打交道，只覺得解脫了，連忙點頭答應，腿軟得站了好幾次才站起來，然後急匆匆地下樓離去。

對於有人逃難般地離開的狀況，路揚很習以為常，在心中默數十秒後，扭頭問：「現場有什麼奇怪的地方嗎？」

姜子牙點點頭，說：「牆上有個很大的圖騰，你有看見嗎？」

他仔細觀察了一下，覺得那應該是一般人看不見的東西，血淋淋的圓形圖案，不像是塗鴉，倒像是看恐怖片會出現的詛咒圖之類的東西，就是不知道路揚看不看得到，之前經過幾樓的探勘，姜子牙漸漸能分辨出路揚沒辦法看見的東西。

路揚皺了下眉頭，拋下一句「等等我」，隨後就急奔上樓，然後又立刻衝下來，臉色十分難看，嚇了姜子牙一大跳。

「哼，你不說，我還沒注意到，牆面有塗改的痕跡，掩飾得還真好。」

姜子牙滿頭霧水地問：「這是什麼意思？我們查到凶殺案了嗎？」

第一次出任務就查到連續殺人犯，這會不會太刺激了點？

「確實是凶殺案沒有錯。」路揚冷笑一聲，說：「道上人犯的凶殺案，多半是在『驗收成績』，所以專找些遊民，還特意不收拾屍體，看看是否會被發現，看這狀況，我猜多半只要八層樓都鋪上屍體，他還沒有被揪出來，就算出師了。」

姜子牙覺得自己的臉色一定很難看，用八條命來驗收成績？這是什麼無法無天的狀況？

「我不該挑這個任務，還扯上你。」路揚懊惱地說：「本以為應該是這幢樓有妖在作祟，看來還是我的判斷力太差。」

姜子牙連忙說：「查都查了，你可不能現在叫我滾，要是沒有我，你哪能發現牆壁有異狀！」

路揚搖頭說：「這件事連我也不該管，阿公不想我太早插手到道上人的紛爭中，難道經過張家的事情以後，你還想和道上人交手嗎？」

聞言，姜子牙沉默了，他連妖都不想交手，更何況是人，但若是路揚必須對上這種敵人，那他也不會選擇轉身離開。

見到姜子牙的神色，路揚嘆氣道：「我之後先把這件事告訴阿公，再看看情況吧，遇到道上人，我都是先回家講一下，阿公會評估對方的程度，再看看是不是要交給我，不過你要有心理準備，道上人的案子，十之八九都會被阿公接手，就算沒被拿走，他也可能不許我帶你一起辦，你的情況太特殊了。」

「知道了。」姜子牙點頭說。

路揚倒是驚奇了，他還以為姜子牙會堅持要跟他一起行動。

「我是來幫忙，不是來讓你難辦的。」姜子牙覺得自己實在是個大包袱，雖然這雙眼睛好像很有用，但麻煩卻比用處大多了。

路揚一揚眉，正打算說這是特殊事件時，卻聽見樓下傳來聲響，及時閉上嘴。

「小揚，你在哪？」

路揚一聽這聲音，連忙喊：「胡哥，在七樓。」

一個高大的男人幾個大步就跨過整段樓梯衝上來，隨後又看見一個瘦高的男子緊張兮兮地跟著衝上來。

「來得真快啊，胡哥。」路揚熟稔地跟高大男人打招呼。

胡立燦沒預料到會看見路揚以外的人，先是一愣，看著姜子牙，好奇問：「這是誰？」

「算是助手吧，你後面那個又是誰？」

路揚本想說同伴，但要是被誤以為姜子牙能單獨接案就不好了，這些人有時因妖物而破不了案，真的纏人纏到可以堵在清微宮門口不讓他去上課，雖然胡哥是不會那麼做，但也難保姜子牙的消息不會洩漏出去。

「搭檔，叫做方達，先領著他來見你，之後若是我忙得沒接電話，你也能找他。」

胡立燦好奇地打量姜子牙，後者秉持不說話不錯的原則，說了句「你好」後就閉口了。

「找他？」路揚冷哼了一聲，「我看是他找我吧，這個地方還不是你找我過來看的，要不然我怎麼會叫你來？之前說好，我不接觸其他人，現在不算數了？」

胡立燦連忙解釋：「方達跟我搭擋兩年了，不會有問題。」

路揚冷哼一聲，倒是沒繼續糾纏這點，他只是要點醒對方，不要再帶其他人來了。

這時，方達緊張地問：「胡哥，這味道該不會是……」

胡立燦點了點頭，對路揚說：「我先帶方達上去看看，再來跟你說。」

路揚點了點頭。

看著兩人上樓，姜子牙這才好奇地開口問：「他們是警察嗎？」

那個方達也就算了，但是叫胡哥的傢伙，滿臉鬍碴，穿衣打扮比他還不修邊幅，說是警察，路邊流浪漢可能更貼切一點。

「便衣刑警。」路揚回答：「不過我只認得胡哥，他叫胡立燦，是個小隊長，你也叫他胡哥就好，但你絕對不要跟他們單獨打交道，只要我不在，你就不要理他們，千萬別被盧到接下案子。」

姜子牙連忙點頭答應。

沒多久後，胡立燦和方達就下來了。

胡立燦苦惱地說：「看著又是沒什麼問題的狀況，也沒有毆打跡象，多半跟之前一樣，不是餓死就是心臟麻痺，奇怪的是屍體的狀況看起來起碼死了三天以上，但是三天前還有警員來巡過，沒有異狀啊。」

「應該是道上人幹的。」路揚沉著臉說。

胡立燦怒道：「是人幹的？」

兩人在說話，姜子牙安靜地聆聽，同時注意到那個方達，看他緊張又不敢插嘴的模樣，跟自己還真是有夠像，應該都是新手的關係吧？而且對方看起來很年輕，搞不好根本大沒幾歲。

姜子牙對他笑了一笑，方達一怔，也回以微笑，看起來倒是十分溫文，不像是刑警，倒像個上班族，就算當作老師之類的職業也不違和。

「子牙。」

「啊？」姜子牙回過神來，看向路揚。

「你能畫下那個圖騰的樣子嗎？畫完就可以走了，剩下的交給胡哥就行。」

「喔，那我得去看著畫，那個圖有點複雜。」

路揚投來擔憂的眼神，姜子牙拿出紙筆，深吸一口氣，衝上樓去，忍著臭味，專心看著牆壁上的圖騰，這時，路揚也走過來靜靜地站在身後。

或許是有事情可以轉移焦點，姜子牙覺得似乎沒那麼臭了，專心描繪一陣子，眼尾卻看見有東西在動，他疑惑地看過去。

那具屍體正在蠕動，帶著綠斑的手在地上摸索，腳也開始抽搐，再來竟屈了膝，看起來就像是人試圖要站起來，但因為腐敗狀況嚴重，所以動作非常遲緩而且不流暢，邊動還邊流下綠黑膿液。

姜子牙愣住了，嘗試叫喚後方的人一聲，「路揚？」

後方沒有任何聲音，他猛然回頭一看，身後哪裡有人，偌大的樓層就只有自己一個而已。

「路揚！」姜子牙大喊一聲，卻沒有得到任何回音。

這是界嗎？他是從什麼時候開始踏進界？路揚他們呢？

匆匆把筆記本夾在腋下，姜子牙轉身就跑，但一跑到樓梯口，卻發現樓梯已成了幽黑不見底的懸崖……

節之二・我幫你看

這不是真的、這不是真的……

姜子牙深呼吸好幾口氣，終於發現哪邊不對勁了，那股臭到讓他連張嘴都不敢的屍臭呢？就算比較習慣了，也不可能在這邊深呼吸吧？

「這不是真的。」

姜子牙走回去，繼續畫牆上的圖，那具屍體真的站起來了，先是在房間到處遊蕩，隨後還走出房間，繞著他轉。但臭味始終沒有更強烈，屍體靠最近的時候，離他只有二十公分左右而已，而且看起來就像在打量姜子牙。

隨後，奇怪的拖沓聲從背後傳來，姜子牙一僵，回頭一看，幽黑的樓梯洞口伸出手臂來，兩具腐爛的屍體爬出來，然後以同樣僵硬的姿勢站起來，漸漸晃蕩到姜子牙身旁。

姜子牙深呼吸一口氣，提醒自己「沒有臭味就不是真的」，然後理都不理三具會走路的屍身，繼續認真畫自己的圖。

總算把圖畫完，姜子牙闔上筆記本，轉過身要走下樓，突然背後一陣急促的腳步聲，他猛然回頭，看見其中一具屍體衝上前來，那速度哪還有腐爛屍體的樣子，說是短跑健將都不為過！

對方的攻擊伴隨著一股強烈的不安感，姜子牙覺得自己再不跑，可能真的會被幹掉，連忙跑向樓梯，也不管什麼黑不黑，直接衝下去。

一踏入黑暗，眼前就突然大放光明，路揚和另外兩人仍舊站在樓梯間，一看見他就笑著說：「畫好啦？走吧。」

姜子牙停下腳步，停在階梯口下來幾階的地方，看著三人。

「怎麼不下來，該走啦？」路揚不解地問。

姜子牙扯開嘴角，毫無笑意地笑說：「我不相信路揚會讓我一個人站在有屍體的地方畫圖！你到底是什麼東西？」

路揚扯開笑容，越扯越開，嘴角被撕扯開來，一路裂到耳朵，臉頰滿滿都是血，嘴裂的大洞中還看見白花花的牙齒……

姜子牙的臉色變了，雖然以他看過的景象，這也不算恐怖到哪去，但這次是自己很熟悉的臉孔，讓他覺得好像是種不祥的預兆，看得膽戰心驚，感覺路揚好像真的遭遇不測……呸呸呸！

他怒道：「你什麼都不是，別再假裝成任何東西！」

沒有玻璃的窗戶突然射進陽光，照在人影上，直接灰飛煙滅。

三個人瞬間一個都沒有了，姜子牙並不意外，本來就知道不是真的，他皺起眉頭，現在的問題是路揚去哪了？剛剛來的兩個警察到底是真人還是假的？他們是什麼時候掉進界裡面的？

「姜子牙！子牙？」

這時，樓上傳來急促的腳步聲和路揚的叫聲。

姜子牙轉過身去，看著路揚、胡立燦和方達，三人從樓上衝下來，他這才訝異地說：「原來你們居然在樓上嗎？」

路揚氣急敗壞地說：「我跟在你後面走上樓，結果一踏上七樓，你就不見了！我回頭想下樓看，結果就連樓梯都不知去哪了，到處轉來轉去就是找不到出口！」

「然後這兩個傢伙就上來加入我的行列！」路揚瞪向兩名警察。

在七樓轉來轉去？姜子牙看著三人，又想到剛才爬起來繞著自己走來走去的屍體，以及後面加入的兩具腐屍，該不會就是這三個傢伙吧？

「我剛剛也在七樓，看見三具屍體走來走去，該不會就是你們吧？」

聞言，路揚臉色一僵，問：「你是一直站在原地不動？」

姜子牙點頭說：「對啊，我在畫牆上的圖騰。」

一旁，兩名警察不敢置信地說：「那種狀況下，你居然還在畫圖？」

姜子牙不知怎麼解釋，自己身邊反正總有奇奇怪怪的東西轉來轉去，剛才簡志在的時候，他還不斷被天使用翅膀打臉呢！

路揚的臉色變得非常難看，冷說：「今天不去上學了，我要回清微宮一趟，子牙你幫我請個病假。」

姜子牙一怔，還真稀奇，萬年乖寶寶居然想蹺課。「好。」

「這邊還能讓調查小組過來嗎？」胡立燦對剛剛鬼打牆的狀況還心有餘悸，雖然也不是第一次遇見這種事，也因此結識路揚，但這種鳥事是怎樣都沒法習以為常，而新手方達更是連牙齒都還在打顫！

路揚不耐地說：「可以，人多的話無所謂，要是那個道上人能讓一整組警察都中鏢，那你們也不用來找我了，直接把資料封箱結案吧，省得還要填人命進去。」

胡立燦摸摸鼻子，看得出眼前這小夥子現在火氣很大，也不跟他計較，直接說：

「了解。」

「我們先走了。」路揚拉上姜子牙就想離開，這個第一次任務真是快要氣死他了，自己一定是腦殘，才會選這個任務讓姜子牙跟。

走到一半，路揚又不放心地回頭叮嚀：「胡哥，你們現在就跟我出去吧，別在這邊等，你們的人來這裡的時候都不要落單，晚上別讓員警來巡邏，這邊交給我盯就好。」

「在外面巡邏行不行？」胡立燦無奈地說：「之前已經死了六個人，本來就有記者盯著，現在又躺了第七個，可能瞞不住了，不巡邏的話，八成會有人偷偷進來，你要是遇上記者，也拿他們沒有辦法吧？到時恐怕八樓也要躺一個。」

路揚皺了眉頭，確實是沒辦法，只得說：「外頭可以，但是不要固定位置站崗。」

「了！」

交代完，路揚就拉著姜子牙離開。

一路被拉出大樓，姜子牙這才滿頭霧水地問：「怎麼啦？幹嘛那麼火大？你不是常常被界困住嗎？之前還有興趣打電話跟我聊天，也沒看你生什麼氣。」

路揚沉默了一陣子，說：「剛剛一直繞不出去，什麼線索也找不到，只有一具屍體站在大廳中央不動，我本來不敢去動，就怕是陷阱，但是一直找不到出口，又不知道你的狀況，有點心急了，一看見那具屍體開始有動作，還想下樓離開的樣子，我就帶著剔衝過去……」

「原來追我的那個就是你？」姜子牙覺得很好笑地說：「還好我跑得快，不然砍中我就跟你沒完了。」

「還笑？」路揚氣急敗壞地說：「我差點真的就砍中你！」

見路揚真發火了，姜子牙也不敢再說笑，就怕他來一句「以後你還是別跟了」，然後自己只能毫無辦法地聽見路揚又困在界裡面，不知哪天會真的走不出來。

姜子牙不解地問：「阿揚，但是剔真的能砍中我嗎？我常常迎頭撞上一大堆幻妖，一點感覺都沒有，直接就穿透過去，你的剔真的會砍死我嗎？」

就像那隻天使的翅膀，就算打在臉上，姜子牙其實也沒有感覺，只是心裡覺得怪怪的罷了。

路揚搖頭說：「不會，頂多讓你病一段時間吧，我的剔對真人並沒有真槍實彈的效果。」

原來不能嗎？姜子牙摸摸鼻子，那時他明明覺得自己命在旦夕，看來只是一種錯覺。「那你到底在緊張什麼啊？就算真的砍中，也只是幫我請個病假而已。」

聞言，路揚皺了眉。剔最近越來越像一把真劍，其實他也沒把握剔是不是真的還不能傷人，他又沒試過，看來回到家後，還是先割爸爸一刀試試看好了——不是他不孝，實在是剔不會噬主，所以只能拿別人當實驗品。

冷不防，姜子牙突然伸出手，路揚正疑惑的時候，對方竟然一把抓住剔，隨後「啊」了一聲，立刻縮回手。

路揚瞪大眼，有點反應不過來，直到姜子牙的指縫間開始流下血來，路揚立刻抓過對方的手，攤開掌心一看，滿手血讓他久久無言。

姜子牙苦著臉說：「你確定剔真的砍不死我？我覺得它比我家的菜刀還鋒利，我只是輕輕地碰到而已。」

「照理說不會這樣的啊！」

路揚真的有點慌了，他沒想到剔變得真實以後，還會有這種副作用，竟鋒利得能殺人了！雖然以往也不是沒砍到過道上人，但並不會直接造成物理傷害，與其說是在砍人，更像是在砍斷對方的能力，過後對方也頂多是虛弱一陣子。

姜子牙艱難地用單手從背包中找出鑰匙，丟給路揚，說：「騎車載我去學校保健室吧。」

路揚也只能點頭了，收起劍，跨上機車，懊惱地看著姜子牙握住一疊餐巾紙止血。

「下次別耍蠢了，你再大力一點，連手指頭都能削下來。」

姜子牙摸摸鼻子，不甘地辯解：「是你說劍不會傷到我，所以我想說試試看。」

路揚也氣自己沒搞清楚就回答，惱怒地猛催一下油門，機車就衝了出去。

「要試不會輕輕摸一下就好嗎？整隻手握上去幹嘛！」

姜子牙看得出路揚心情很不悅，不想再爭辯，索性認錯道：「好啦，是我太魯莽了，我這個人神經大條，你又不是第一天知道。」

「一天到晚看見亂七八糟的東西，神經想不大條都難吧，我看你乾脆把左眼用眼罩封起來好了！」

「還眼罩呢，你是要讓我被眾人圍觀喔？」

「墨鏡有用嗎？」路揚也知道眼罩不切實際，簡直此地無銀三百兩。

「沒有，眼鏡也沒有用，有度數的沒度數的，我都試過了。」

路揚沉默不語，這麼多年來都看著亂七八糟的東西，相信姜子牙若有「把左眼挖出來」以外的辦法，也早就照著做了。

「阿揚，剔這麼威，你以後就不用怕道上人了吧？」

路揚滿滿都是苦惱，後座的姜子牙卻十分高興地說：「雖然遇到手槍還是要躲，不過你說會不會有一天，剔連子彈都能擋？它看起來就是很威的感覺，真正的飛劍啊！好像仙人會用的武器，擋個子彈應該也不是不可能的事情吧？」

聽到這話，路揚險些吐血，說：「求你別再讓它更威了，難道你的手不痛嗎？我剛才在大樓裡還差點就真的砍了你！」

後座沉默良久，才傳來姜子牙的聲音。

「以後什麼東西能砍，什麼不能砍，我會幫你看清楚，我說砍你再砍，保證不會弄錯！」

路揚的嘴角勾了起來。

「好。」

節之三・七個傳說

一走進社團大樓地下室，姜子牙就吸引所有人的目光，其實他今天本來不打算來，畢竟手傷了，要做什麼都不方便，路揚也叫他上完課就快回家，若不是手傷得不重，包紮過後也沒大事，這傢伙還想來個溫馨接送情呢！

姜子牙環顧一周，社團人不多，大概七、八個，但幾個認識的人，林芝香、簡志和社長徐喜開倒是都在。

簡志第一個衝了過來，著急地問：「沒、沒事吧？警察來了嗎？」

「別緊張。」姜子牙安撫地說：「警察來過了，只是做個筆錄而已，沒事啦。」

聞言，簡志鬆了好大一口氣。

「你的手怎麼了？」一旁，林芝香突然開口問。

姜子牙搔了搔臉，還是選擇說謊，「就下樓的時候太緊張摔了一跤，用手掌幫水泥樓梯拖地了，擦傷而已，只是地板太髒，所以我去保健室消毒包紮一下，比較保險。」

雖然事實不是這樣，但確實是小傷而已，傷口挺淺的，剔造成的傷口還真奇怪，把血擦乾以後，竟然不是銳利的劍傷，而像是被粗糙的東西磨傷似的。

這連路揚都不知道是怎麼回事，不過也因此，保健室的護士沒多問什麼，只當作他摔倒後手掌著地，如果是銳器造成的傷口，大概就沒那麼容易過關了。

林芝香勉強扯了扯笑，問：「該不會是嚇到腿軟才跌倒吧？簡志可是結巴老半天，才把事情經過說清楚，沒想到居然會有命案。」

徐喜開懊悔地說：「都是我不好，不該放簡志鴿子。」

這話是什麼意思？姜子牙不解地看向對方。

簡志開口解釋：「本來是社長要跟我過去，可是他早上臨時有事，我就自己去了。」

「大門明明鎖著，你怎麼進去的？」姜子牙覺得這點要問清楚，然後去告訴胡警察先生，讓他好好防範，免得八樓躺人，讓一個會害人的道上人出師了。

「那你又是為什麼會過去？」徐喜開不解地問。

「是認識的主任派我們去查看，說要看看大樓狀況怎麼樣，決定要找清潔公司或者派學生去清理就好。」

姜子牙已經和路揚通過氣，雖然這理由頗爛，但是也找不出更好的了，反正就算他們懷疑，也不會想找主任查核，就算他們真的問是哪個主任，路揚說他也有辦法搞個主任出來串供。

有時，他真的很懷疑路揚家不只開宮廟，還開學校、開警察局等等，簡直是個連鎖企業。

「原來是這樣。」簡志恍然大悟。

徐喜開疑惑地問：「那邊是沒在用的校區，為什麼要清理？」

「誰知道，好像說有督察要來，為了避免他突然抽風想過去廢棄校區看看。」

姜子牙聳肩亂編，反正學校幹過的傻事也不只這一樁，上學期還因為補助經費沒用完，就買了一堆魚到池塘放，結果魚多到炸塘，最後統統翻肚死光光。

「週四的校園傳說探險要不要取消算了？遇到這種事情，還出去探險，感覺好像不太好。」

姜子牙今天到社團來的主要目的就是這個，確保社團不會再選擇廢棄校區探險，雖然看簡志的樣子是嚇破膽了，絕對不會想過去，但難保其他社團成員不會有一些不知死活的傢伙。

徐喜開搖頭說：「當然不取消，反正那個地點本來就有爭議性，大門上鎖，還得從狗洞鑽進去，是學校唯一沒准許的地點，好幾個人都不想去，直接刪掉就好了，其他地方都在正常校區，不會有問題的。」

原來是狗洞？姜子牙點了點頭。反正別去廢棄校區就好，其他地點應該不會這麼巧也有事吧。

「我覺得還是取消好。」林芝香皺眉說：「活動前發生這種事，感覺不太吉利。」

徐喜開略顯不悅地說：「安排這麼久，好不容易申請到學校許可，下次就不知道什麼時候能申請到了，我們是靈異怪奇現象研究社，如果有一點古怪就不敢去探訪，那還研究什麼？」

聞言，其他社員紛紛贊同，林芝香也不說話了。

姜子牙看了她一眼，還是不明白為什麼對方要加入這種社團，難道是遇上怪異事件，希望可以得到解答嗎？

接下來，其他社員三三兩兩地抵達，姜子牙本來想先走，直接去清微宮堵路揚，免得對方偷偷跑去查案，但一聽到林芝香說今天的活動是要說明校園傳說的內容，他就又留下來了，先聽聽看也好，如果有可疑的地點，還是找路揚先去看一遍，校園似乎也沒想像中的安全。

等社員到得差不多，社團活動正式開始，主要都是徐喜開在臺上用投影設備介紹各個地點的傳說。

在校務大樓的三樓廁所，如果對著大鏡子打招呼，會在鏡子中看見現場真的不只自己一個人，隨後你就會被拖進去變成其中一員。

不要跟醫學院的人體模型說「你好假」，因為你會取代它成為真的人體模型。

夜間十二點整，待在文學院大樓東側教室窗邊，會看見以前跳樓自殺的學生從上頭掉下去，還對著你笑，看見這笑容的人，隔天就會在同一時間從頂樓跳下來。

半夜三點的籃球場，常常有一群人在打球，如果你過去表示要加入，他們會笑著說：「好啊，我們正好該換球了。」他們打的球原來是一顆血淋淋的人頭……

校園的靜思池水深只有一米半，但是卻曾經有學生因為被欺負，強壓頭溺斃在這裡，從此半夜就會看見他浮在水池上，如果拿硬幣丟中他後許願，願望就會實現，但是過後，你就會被拖下去成為下一個許願屍。

圖書館的書架平常只有十二排，但是晚上來這邊一排排數過去，你會在這裡數到第十三排書架，上面擺滿不該在世上出現的詛咒禁書。

聽完六個傳說後，姜子牙覺得應該沒什麼了，有些地方是他去過的，像是靜思池，從來就沒看過什麼許願屍，那裡只有美人魚好嘛！還長得挺漂亮的呢！

「那廢棄校區的傳說是什麼？」姜子牙好奇地問，雖然已經知道是道上人的手筆，但問一下也好，說不定有關聯也不一定。

徐喜開笑了笑，說：「每走上一樓大喊『我要上二樓了』、『我要上三樓了』，到八樓的時候喊『我要上九樓了』，就會發現第九個樓層。」

姜子牙愣住了，還有九樓？這該不會代表躺完八個樓層以後，還會發生更糟糕的事情吧？

「第九個樓層有什麼東西？」

徐喜開攤手說：「我們本來可以搞清楚這點，不過現在大概只能放棄吧。」

眾人紛紛笑了出來。

「這就是我們校園的七大傳說。」徐喜開笑了一笑，周圍因為要看投影而關了燈，剩下投影的光打在他臉上，映得鬼氣森森，「現在雖然少了一個地方可以去，但我們還是可以探尋六個傳說，不管是真是假，週四晚上見分曉，大家可別遲到了，我們社團最重要的一點就是要守時，逾時不候。」

介紹完，今晚的活動也到此為止，姜子牙坐在原位思考著那些傳說的地點，除了廢棄校區，其他都沒什麼問題，全都是人來人往的地方，應該不用先找路揚去探路了。

「姜子牙，你對七宗罪也有興趣啊？」

姜子牙不解地反問：「什麼？」

「從你口袋掉出來的。」簡志把一張紙遞給姜子牙，比著上面的圖說：「這是貝爾芬格的圖騰呀。」

「貝爾芬格是什麼？」而且你的天使為什麼突然發狂了？

那隻天使一看到這張紙，立刻面露厭惡神色，原本的友善統統消失，對著姜子牙就是一陣狠瞪怒視，就差沒直接衝上來掐住他。

姜子牙不動聲色地問：「我只是在牆面看到這個塗鴉，覺得很有趣，所以才照著畫下來而已，根本不知道是什麼東西。」

這話說完，天使的臉色緩和下來，隨後左右飄來飄去，嘴巴不停張張闔闔，似乎是在碎念……啊不，是殷殷教誨。

姜子牙深深疑惑這隻守護靈天使為什麼不乾脆變成媽媽的形象，這麼囉嗦，一點都不像天使啊！

「貝爾芬格是一個惡魔。」徐喜開走過來，疑惑地說：「但在臺灣應該不是那麼有名的惡魔，怎麼會有人畫祂的圖騰呢？」

一旁，林芝香也靜靜地聆聽，不知是單純有興趣，或者只是想找這裡的其中一人說話。

姜子牙連忙說：「誰知道，搞不好也是亂畫的。」

徐喜開笑了笑，「說得也是，不過你還是別想把這個圖案刺在身上了，這個惡魔在七宗罪中，可是代表怠惰的意思，把懶惰刺在身上，感覺有點好笑。」

你真的誤會了，我沒有要刺青！姜子牙在心中發誓，他寧願在身上刺一隻米老鼠，也絕對不願意刺疑似道上人遺留的圖騰。

「七宗罪是什麼？」姜子牙轉移焦點，順便詢問，他竟忘了把這個圖案交給路揚，後者大概也正暴怒中，完全不記得這回事，直接就回家去了。

「聖經說人生而帶著七宗罪，色欲、貪食、貪婪、怠惰、暴怒、忌妒和傲慢，每則罪都有一個相呼應的惡魔，怠惰的惡魔就是貝爾芬格，也就是你手上這個圖騰代表的惡魔。」

徐喜開點了點姜子牙手上的紙。

姜子牙皺了下眉頭，這才明白天使為什麼在那邊發瘋抓狂，原來是看到死對頭的圖騰。

七個校園傳說和七宗罪？姜子覺得自己開始討厭七這個數字了。校園傳說和聖經故事，應該沒那麼湊巧地有關聯吧？

路揚已經說這是道上人幹的，道上人和惡魔會不會差得太遠了一點？

簡志小聲辯解：「其實聖經頌讚的是七美德，七宗罪和惡魔什麼的，多半都是其他書籍提出的，和聖經沒有關係啦！」

姜子牙看向簡志。

對方害羞地笑笑說：「我家裡是信天主教的，我、我沒有很虔誠啦。」

才怪，天使都站在你背後了，這還不夠虔誠，難道要等上帝站在你背後嗎？

「你信天主教，還來參加靈異研究社，不會怪怪的嗎？」姜子牙狐疑地問。印象中，天主教應該不相信這類東西吧？

簡志立刻堅定地說：「就是相信主，才要來打破一切不可信的流言……」雄心壯志地喊到這，他又發現自己太過激動，連忙低頭輕聲說：「我是說，嗯，太過相信靈異事件不好啦。」

姜子牙覺得對方平時應該很努力在克制各種「主說」，對於不知天高地厚的年輕人來說，整天主啊佛祖啊媽祖啊掛嘴邊，大概是最容易沒朋友的方式之一，威力簡直不小於他的左眼。

姜子牙看向鬼裡鬼氣的徐社長，感覺會想創辦這種靈異研究社的人，應該是相信靈異現象的吧？

蒼白的徐社長笑著說：「我們的目的本來就是要研究這些靈異現象的真假，要來證實也好，想要打破也罷，總之週四晚上見分曉。」

不知是不是錯覺，他說「證實」這兩字時，姜子牙總覺得他似乎看了一旁的林芝香。

姜子牙看向林芝香，後者一直不說話，看起來似乎不像對惡魔這個話題有興趣的樣子。

林芝香也注意到這視線，開口說：「姜子牙，我有點餓了，你要不要一起去吃個宵夜？」

簡志的臉色都變了。

姜子牙流下一滴冷汗，正想拒絕時，卻聽見林芝香帶著歉意說：「為了上次的事情，想跟你道個歉。」

上次的事？姜子牙看著林芝香，總覺得她話中有話，應該不是真的為了道歉才約他出去。

「喔，那我打個電話回家一下。」

林芝香點了點頭，「那正好，我收拾東西。」

兩人都選擇無視簡志在一旁露出如被拋棄的小狗般的眼神，既然要說之前的事情，那是誰也不能跟來，否則就不用談了。

姜子牙走到外邊打電話，劈頭就問：「路揚，你在哪？」

「我在家。」

「真的？」

「真的。」

「沒偷跑出去查案？」

「我保證沒有外遇！」

姜子牙無言了一下，真是風水輪流轉，昨天還是路揚查他勤，今天就換自己查對方的行蹤，這種你查我查你的日子到底什麼時候能完，真是讓人頭大！

「那好，換我要去外遇了。」

「你說什麼？」路揚暴怒地說：「不准給我跑去任何危險地點，尤其是廢棄校區！」

「是真的『外遇』，我要和林芝香去吃宵夜。」

「喔？」路揚遲疑地問：「最近她身邊沒有奇怪的現象吧？」

「沒有，她可能是想問問我關於上次的事情。」

「那就准你去，但記得別說太多，她若知道得太清楚，忘不掉反而不見得是好事，這種事情對一般人來說，還是能忘就忘吧。」

「好，那我奉旨外遇去了。」姜子牙瞄見林芝香已經揹起包包要走出來了。

路揚笑說：「滾吧你！難得有次豔遇就臭美。」

這算哪門子的豔遇。姜子牙無言了，雖然林芝香是長得清清秀秀的，不過一想到兩人要談的話題，就算對面坐著的人是志玲姐姐，他也希望這次相遇不要發生。

「要走了嗎？」林芝香走出來，看他還拿著電話，就禮貌性地詢問。

掛斷電話，姜子牙點點頭，還順手幫林芝香拿過一個大袋子。

「你喜歡吃什麼？」

「隨便吧。」姜子牙覺得吃飯不是重點，找個能說話的地方就好。

「不，真的，你喜歡吃什麼？我是真的想跟你道個歉。」林芝香不是很自在地說：「你幫了我好幾次，我都沒跟你道過謝，還躲著你，真的很抱歉。」

果然是故意躲他嗎？但姜子牙倒是不怪她，若是林芝香能徹底忘記，其實更好，只是看她的樣子，似乎是忘不掉了，回想起來，這個女生好像從一開始就不太對勁的感覺。

是該好好聊聊。

「去吃火鍋吧，我知道有間火鍋店有包廂……」

剛掛斷電話，又收到訊息，路揚疑惑地打開訊息，那是一張手繪圖騰的照片。

呃，還真的忘了有這張圖。

路揚摸摸鼻子，覺得自己真傻了，查老半天卻忘了這麼大的線索，不過這類圖多半是輔助功能而已，不見得可以查出什麼……等等，這圖似乎比較像西方的圖騰？國內用這種圖的道上人應該不多！

路揚立刻看向電腦，面前的電腦螢幕上開了好幾個視窗，主要視窗是一串長長的名單，旁邊還有好幾張圖片，多半都是人像，有的是大頭照，但更多的是遠遠地不怎麼清楚的照片。

「寶貝～～你外公回來囉！你不是在找他嗎？」

「再叫我寶貝就翻臉啦！」路揚懊惱地高喊。

「OK! Sweetheart.」

路揚簡直拿這個爸爸沒有辦法，看了電腦一眼，索性把那個圖騰列印出來，硬著頭皮去找外公。

走出房間，到了前方宮廟，幾名老人坐在廟廳旁的原木茶几喝茶，有一個穿著特別古怪的長袍的老人家，身材高大健勇得不像個老人，但滿臉皺紋可不比旁邊的佝僂老人少，身材和臉看起來頗不搭，路揚的外婆小春嫂正給他沏茶。

「阿公阿嬤，大家晚上好。」路揚對所有老人家打了招呼。

眾老人家紛紛笑著說好。

阿路師看向自家孫子，問：「安怎？歪國郎女婿說你找我？」

歪國郎女婿劉易士乖巧地坐在一旁，大氣都不敢吭一聲。雖然，國臺語比母語還溜，兒子都上大學了，不過對岳父來說，他就是歪國郎女婿，劉易士表示哀傷，但是話又說回來，岳父說這詞也沒有貶義就是了。

「啊就又遇到道上人做的案子。」路揚也變得跟父親一樣乖巧，說：「來給你報一下。」

他把那張列印下來的圖放到原木茶几上。

阿路師眉頭一皺，「他留下這麼明顯的線索？」

「不是，這是子牙看出來的。」

聞言，阿路師原本就能夾死蒼蠅的眉頭，這下更皺得像乾枯樹皮似的。

「有人用這種圖嗎？」

「國內很少，就算有，都是一些小角色，就算你遇到也不會來問我。」阿路師看向劉易士，「我看，這問你老爸可能卡清楚。」

劉易士看著那張圖，念了一個詞：「Belphegor.」

路揚看向父親。「是惡魔的名字？」

「Yes, the devil of sloth.」

「說國語啦！」阿路師巴了女婿一腦袋。

在兒子調侃的眼神中，被岳父揍又被兒子嘲笑的可憐爸爸劉易士，哀傷地轉換語系，解釋：「這是貝爾芬格的圖騰，在非正統神學裡，祂是七宗罪中，象徵怠惰的惡魔。」

「非正統神學嗎？」路揚沉吟地說：「既然是比較偏門的類型，應該不會太難處理吧？」

「難說，現在網路太發達了，一些非正統神學比正統體系更加廣為人知，隱隱有超過的跡象，尤其是邪惡的類型。」劉易士苦惱地在胸前畫了個十字，嘆道：「主啊，為何人們寧可相信惡魔和鬼魂的存在，也不願相信祢的存在。」

路揚懶得理父親，身為道教宮廟的繼承人，他對父親的信仰向來不予置評。

「阿公，已經死七個人啊，這案子是你收去，還是我處理？」

阿路師一怔，狐疑地問：「七個這麼多？沒看到新聞有報啊。」

路揚把現場的狀況稍微解釋了一下。

「遊民嗎？」阿路師沉吟了好一陣子。

這期間，小春嫂笑咪咪地給女婿和外孫都沏了一杯茶，招呼道：「喝茶啦！」

「好。」劉易士乖巧地舉茶來喝。

路揚坐下來喝茶，外公在思考的時候，敢打擾的傢伙都沒好下場，還是讓他去思考，咱們喝茶吧。

小春嫂又遞上兩個小碟子，裝滿甜甜圈和馬芬蛋糕，這也是路家的特點，喝茶配西式甜點。當年，劉易士就是靠著四處蒐集來的甜點搞定岳父，這才把老婆娶回家——雖然更像是把自己嫁進來。

連兒子都姓路，不過路揚的英文名可是Luke Hunter，劉易士也就是Lewis Hunter，必須澄清他真的沒有嫁進路家，嗚嗚嗚。

「小揚啊！最近有什麼案件講來聽看看。」其他老人期盼地看著路揚，像是期待聽故事的小孩子們。

路揚隨口說了幾個比較沒那麼恐怖的案子，讓一干老人家聽得津津有味。

「無法度！」阿路師終於開口說：「我對這啥米惡魔，實在是不了解，想不起來國內有什麼厲害的人物是用這種圖，不過都死七個啊，他可能不會收手，歪國郎女婿，正好你對這款有了解，跟小揚去看這是啥情形。」

劉易士連忙吞下嘴裡的甜甜圈後回答：「好。」

隨後，他就期盼地看向兒子，希望可以得到兒子的笑臉，甚至說上一句「我們父子終於可以聯手了，我等這一天等了好久」……

路揚正在低頭看手機，一抬頭就看見父親哀怨的臉，差點沒嚇死。

「幹嘛啦！」

劉易士轉頭正想去角落蹲，突然聽見兒子說：「爸，走吧。」

他立刻欣喜地回頭。

路揚把手機畫面轉給他看。

姜太公釣魚中：阿揚，我覺得你最好過來聽一下林芝香的事情。

# CH.3 天煞孤星

節之一・命格

「剋親剋夫剋子的天煞孤星命格？」

路揚皺了眉頭。

林芝香愣愣地看著路揚，又轉頭看看一旁的劉易士，對方還朝她眨了眨眼，最後，她決定回頭看著姜子牙。

姜子牙安慰地說：「不要擔心，路揚很厲害的，他家可是廟宇喔，他還是宮廟的繼承人呢！」

林芝香的表情非常古怪，但姜子牙完全明白她的感受，看著一個模特兒廟公，真的是完全接受不能，然後旁邊還坐著一個外國人爸爸，違和感簡直突破天際了。

她低垂下頭，低聲說：「不用了，我問過很多人，沒有人敢幫我改命。」

姜子牙覺得對方真的有點慘，雙親皆亡，唯一的哥哥也落得殘疾，她被整個家族轟出來，若不是哥哥和一個姑姑私下接濟她，連長到這麼大都有困難，這種種磨難則起於她小時候被算命師斷言是天煞孤星命格，誰靠近誰就死！

「路揚，真的有剋親這回事嗎？」

路揚皺眉說：「有，但是非常少見。」

姜子牙看路揚的表情就知道這傢伙沒說實話，但他也沒追問，若是路揚不說，八成又是裡世界的事情，他不想讓林芝香知道，一踏進來就沒有回頭路了。

「那能改命嗎？」林芝香鼓起勇氣問，雖然一而再再而三地失望，甚至想著是不是在害死哥哥和姑姑之前，自己去跳河算了，若不是哥哥一再阻止，哭著說「家裡除了自己，就剩下妳這個妹妹了」，她是真想這麼做的。

「那就要看妳，這可能很不容易。」路揚嘆氣道：「妳知道清微宮嗎？」

林芝香搖了搖頭。

「在XX路上，妳進去以後，找小春嫂，跟她說妳的命格，要求在廟裡修行，然後盡可能撥時間過去念經。」

「只要修行就可以嗎？」林芝香急忙追問。

路揚點頭道：「需要很長的時間，但若妳有恆心的話，太上老君會憐憫妳。」

「多久都沒有關係！」她首次見到曙光，別說恆心，以往連死志都有了，還怕什麼！「我、我現在就過去！」

路揚笑了：「現在廟已經關了，妳明天再去吧。」

「好，早上可以嗎？我可以每天早起過去。」林芝香高興得簡直要團團轉了，恨不得快點回家打電話告訴哥哥。

「可以。」路揚點頭道：「清微宮五點就開了。」

「那我送妳回家吧，明天五點要到宮廟也很早呢。」姜子牙覺得晚了，讓女生一個人回家不太好。

「不，不要！」林芝香恐慌地說：「你不要待在我旁邊太久，很危險，你看之前你每天待在社團的時間就太長了。」

「不會啦！」

「什麼不會！你之前就被我害得差點死在超市裡了！」

呃，據說那次好像不能怪林芝香，根本是自家小雪惹來的禍。

「我送妳吧。」路揚站起身來，說：「我是清微宮的下任……」

卻見林芝香直接抓起帳單，丟下一句：「你們跟上來，我就叫非禮！」

「……」姜子牙和路揚表示自己不想上社會新聞版面，只好眼睜睜看著女生抓住帳單跑掉。

劉易士老神在在地坐在位子上，嘆道：「讓女孩子請客，還在大半夜自行離開，這不是紳士該有的舉動喔。」

這是我們的錯嗎？兩個非紳士無言以對。

「坐吧。」劉易士招呼兩個孩子，說：「你們根本沒吃什麼，整個火鍋都好好的，太浪費了，坐下來把食物吃光。」

光聽著林芝香的遭遇，看著對方強忍眼淚不掉下來的模樣，姜子牙怎麼可能還有心情吃東西，當然整鍋好好的，沒噴點眼淚進去加料就不錯了。

三人只好開始收拾食物，幸好是火鍋，再加熱一下就沒問題了。

路揚不解地問：「你怎麼會突然跟她談到命格的問題？」

姜子牙聳肩說：「她本來只是想請客道謝，結果點完餐沒多久後，她嫂嫂打電話來說她哥住院了，她整張臉白得差點嚇死我，幸好只是重感冒去打點滴，我本來想載她去醫院探視，可是她說自己絕對不能去，不然會害死哥哥，最後就整個說開了。」

說到這，他忍不住問：「路揚，她真是什麼天煞孤星嗎？」

剋親剋夫剋子，親近的人都沒有好下場，有這種命格，未免也太坑人，還不如不生出來呢！

「沒那回事，是那個算命師有問題。」路揚乾脆地說：「多半是看上林芝香的天賦，想把她帶走，所以才說她是天煞孤星，再把她雙親害死。等到孩子走投無路，他再以新的身分出現，將她帶走扶養，這樣不但沒有人會過問小孩的下落，而且孩子還會把他當作恩人和唯一的親人。」

姜子牙震驚了，真相居然是這樣嗎？真是太惡劣啦！

但想想又不對，他不解地問：「但是林芝香都大學了，根本沒有人來帶走她，如果不是她哥和姑姑偷偷接濟，她根本就餓死了。」

「對方多半是中途出事掛了，所以才沒來帶林芝香，那種敢害人命的道上人都玩得很大，被妖物反噬，被陣法反噬，被道上人幹掉，總之怎麼死的都不奇怪。」

姜子牙不解地問：「但是後來林芝香還舉了很多例子，同學、朋友，甚至打工處的同事，只要跟她交情好一點，個個都開始倒楣，有幾次還差點出人命，嚇得她再也不敢跟任何人深交。」

「孩子啊。」一旁，埋頭苦吃的劉易士溫言說：「人只要相信自己是倒楣的，就真的會有倒不完的楣，所以做人要樂觀，知道嗎？」

路揚點點頭，說：「尤其對於有天賦的人來說，『相信』更是一件很危險的事情，剛開始的雙親和哥哥的殘疾應該是道上人害的，但後來，或許有整個家族的憎恨，認定她就是天煞孤星，然而更多的可能是她自己在『詛咒』自己。」

自己的詛咒？姜子牙瞪大眼，怎麼也沒想過這點。

「她的能力可能滿強的，就算遇到一兩個有點料的算命師，也不敢出手幫她，就怕被她拖下水。」

姜子牙皺眉道：「那你要她去清微宮修行，是真的有用嗎？」

「只要她相信有用就會有用，但是太輕易的方法沒辦法讓她相信這麼多年的天煞孤星命格已經沒了，所以得把時間拉長，方法要困難一點，才能慢慢化解她對自己的詛咒。」

「喔……」姜子牙聽了個一知半解，但現在的重點不是聽懂，他追問：「所以，只要她堅持乖乖去清微宮修行，最後會沒事吧？」

路揚點了點頭。

姜子牙鬆了口氣，那就好，要不然聽她的遭遇聽得自己都快噴淚了，但林芝香這種誰沾上誰死的狀況，他還真不敢拿自己的小命來交朋友，家裡還有個姐姐會哭死呢！

放鬆下來後，姜子牙總算有興趣吃火鍋了，這時一眼看見劉易士，發現自己好像一直沒怎麼認真打招呼，連忙說：「抱歉，叔叔，剛才沒能好好打個招呼，我是姜子牙，是路揚的同學。」

「叫我劉易士就好了。」劉易士笑笑地說：「不然就跟路揚一樣叫我 Daddy 吧！Son。」

話說完，就被路揚敲了一腦袋，自家兒子碎碎念：「別把這裡當國外，到處亂叫人兒子，乖乖當你的叔叔去！」

劉易士翻白眼道：「不當國外，難道國內有你這麼敲父親腦袋的逆子嗎？你怎麼不去敲你外公的腦袋看看？」

路揚表示自己還要命呢！

劉易士敲了敲兒子的腦袋，說：「快吃火鍋吧，逆子，難道你要老父親自己吃掉這麼大一鍋東西？」

老父親？看看那張臉，說出來誰信啊！路揚白了他一眼，但也乖乖開始吃火鍋。

劉易士已經吃了八分飽，沒再吃下去，索性笑著看兩個大男孩。

路揚很習慣，理都不理自家父親，姜子牙倒也不奇怪，雙胞胎姐姐和姐夫也常常這麼笑咪咪地看著他吃飯，完全是餵豬模式。

「你長得很像姜尚。」劉易士見火鍋開始見底，這才開口說話。

姜子牙一怔，反問：「你認識我爸？」

「是啊，但不熟，他和你的母親都是道上人，只是已經有很長一段時間沒聽過他了。」

「已經多長時間沒聽過他了？」姜子牙開始懷疑自己的人生簡直整個都是問題，卻又找不到可以驗證的對象，心裡不知道多急，只是不得不壓抑下去，免得影響到家中的姐姐和雙胞胎小姐妹。

劉易士靜靜地思索最後一次見面，姜子牙也不敢打擾他的思考，暗暗著急地等待。

「八年前，我們帶路揚回來上學定居，在臺灣停留過一段時間，那時候曾經想找姜尚和楊佳吟，不過後來得不到消息，就沒特地去找了。」

道上人沒消息，十之八九都不是好消息，劉易士不想聽到噩耗，又和姜尚夫妻沒那麼深的交情，所以打聽一陣子後就放棄了。

「更早以前的事情，可能要追溯到你們出生之前了。」劉易士皺緊眉頭，努力回想地說：「最後一次見面，搞不好正是你們在肚子裡的時候。印象中，路揚他媽好像和你母親說過一些同性結拜異性結婚的玩笑話，讓你媽笑到抱著肚子喊疼，害得我被你父親瞪了好幾眼。」

路揚翻了個大白眼，都什麼年代了，還在指腹為婚？難怪人家笑到肚子痛。

姜子牙皺眉說：「我們家出過車禍，母親在那時候過世了。」

「什麼？」劉易士一怔，驚呼：「楊佳吟出車禍掛了？」

路揚又巴了老爸一腦袋。

劉易士連忙改口：「呃，我是說逝世了？什麼時候的事？」

「我記不清楚，很小的時候。」

劉易士仔細問：「那時你上小學了嗎？還是幼稚園？」

姜子牙皺緊眉頭，說：「應該都沒有，所以那可能是五歲以前的事？」

現在的幼稚園，不滿三歲就被送去的孩子也比比皆是。

「不一定，路揚也沒上過幼稚園，我們這樣東奔西跑的人，不送孩子上幼稚園也不奇怪。」劉易士繼續問：「那麼小學呢？」

姜子牙想了一想，十分肯定地說：「嗯，那時母親已經不在了，但我爸還在家，等我們再大一點，他就常常離家很長一段時間才回來，後來乾脆幾乎不回來了。」

「你最後看見他是什麼時候？」

姜子牙一怔，不是很肯定地說：「高中吧？」

見他不能肯定的模樣，劉易士皺了眉頭，說：「我會去查查你父母的事情，但在這之前，你別多想，跟著路揚好好學一些裡世界的事情。」

姜子牙也只能點頭了。

這時，一陣從沒聽過的鈴聲響起，劉易士掏出手機看了一眼，立刻喜孜孜地說：「你媽找我，我去講個電話。」

路揚白了他一眼。

等劉易士踩著輕盈的腳步走出包廂，路揚立刻跟好友道歉：「抱歉，我爸就是這樣，不太拘小節，你別跟他計較啊。」

居然直說人家母親出車禍掛了，路揚真是被自家父親打敗了。

姜子牙聳肩說：「你爸挺有趣的啊，這樣很好啊，比較輕鬆。」

「哪裡好了?整天傻裡傻氣的，還自稱驅魔神探。」

姜子牙笑了笑，問：「路揚，你有父母的電話對嗎？」

路揚一怔，「有啊。」

「我剛剛回想的時候，突然發現自己竟然沒有爸爸的電話。」

聞言，路揚沉默了，他老早就猜到這點，否則打通電話過去，不就什麼都清楚了?

「你說，在什麼情況下，一個做父親的，會連電話號碼都沒有留給兒女?」

姜子牙覺得自己該做好最壞的準備了。

只是，他們家到底發生什麼事，才會變成如今的狀況?而他以往竟然什麼都沒想過。

路揚拍拍他的肩，說：「你爸是道上人，什麼狀況都有可能發生，說不定只是在躲妖物，不想連累你們之類的。」

姜子牙勉強扯開笑容。

「或許吧。」

# 節之二・兄弟

「哈啊～～」

打了個大大的哈欠，御書懶洋洋地走到客廳，癱在沙發上，等待著早餐……或者午餐？隨便啦！

管家從廚房走出來，微笑問：「您今天起得真早，我正要開始做午飯呢！請問有特別想吃的東西嗎？」

御書看著自家大兒子，一張俊臉真是帥啊，身材還很好啊，一大早的看帥哥真養眼啊！

「你。」

管家眨了眨眼，笑說：「恐怕我還沒有那種『功能』。」

……居然聽得懂！上次不是回答「抱歉，我的原料是硬樹脂，您可能會崩掉自己的牙」嗎？

御書簡直整個人都嚇醒了，直接從沙發上蹦起來，問：「你最近有看見姜子牙嗎？」

管家一怔，不得不說：「有的。」

御書覺得自己快吐血了，厲道：「你違反我的命令故意去見他？」

管家慌亂地解釋：「不是的，我是送烤好的麵包過去對面，這個時間，姜子牙沒有課，通常都還在睡覺，我不知道他那天為什麼那麼早起，開門的時候正好撞見了。」

「還有呢？」

「還有？」管家不解地問。

「其他次是怎麼見的面！」

管家連忙回答：「只見過那一次而已。」

御書危險地瞇起雙眼，懷疑地說：「發誓你沒有騙我。」

沒想到，管家立刻就起誓：「我發誓，我絕對沒有欺騙您，打從主人您下令後，我只見過他一次。」

御書半信半疑，如果只見過姜子牙一次，不可能變化這麼大，如果姜子牙強到這種地步，還讀什麼大學，直接開始造妖征服世界吧！

「那到底是什麼讓你變化這麼大？」

管家張了張嘴，卻又閉上了。

不想說卻也不想說謊嗎？御書冷哼一聲，算你沒有直接說謊，還有點良心。

「快說！難怪你想違背我這個主人嗎？」

管家皺著眉頭，只得咬著牙根、握緊拳頭，才能不把事情一五一十說出來。

見狀，御書愕然了，竟然能在這個家裡違抗自己嗎？雖然說，這或許有自己沒有硬來的原因，但身為她的幻妖，能夠這樣抵抗，倒也真不容易了。

頓時，她有點五味雜陳，彷彿孩子終於長大了……天知道，她的娃才一歲大啊！

「妳逼他做什麼？」管庭從角落的紙箱走了出來，不悅地說：「我告訴妳就是了。」

「管庭！」管家驚呼：「你不能說！」

御書看向管家，心都涼了，沒想到反而是管家不肯說，她還以為管家跟自己比較親呢！

「有什麼好不能說的？反正我們也抵抗不了主人。我說啊，妳一直防著姜子牙做什麼呢?」管庭嘲諷地說:「難道妳不覺得『母親』更可怕嗎?」

母親?御書愕然。

「姜玉!」

媽的!自己真是燈下黑,千防萬防姜子牙,卻忘記能夠造出「女兒」的,十之八九都是父母,姜子牙頂多是個助力,姜玉才是主力!

結果,她就讓姜玉在家裡進進出出,沒事就拉著管家管庭閒話家常,口口聲聲「你們這對兄弟檔真是好帥啊,要不要幫弟弟介紹個女朋友」。

「我真是個白痴!」御書懊惱不已。

管庭贊同地說:「妳本來就是。」

「你們是不會提醒我嗎?」

御書怒吼完,看見兩人一個面露無奈一個眼看白痴,頓時自己果真又耍蠢了,姜玉能夠幫助他們「升級」,這兩個傢伙怎麼可能會說出來!

這兩個傢伙已經強到能對她隱瞞了嗎?御書頭痛到覺得連濃縮咖啡都救不了自己。

「妳根本不用那麼在意吧?」管庭冷哼道:「我看過妳的電腦,那個養幻論壇裡的會員，誰不希望自己的幻妖變成虛？就妳一個人在千防萬防，不知道在防什麼！」

「那是因為他們家對面沒有住著『真』！」御書暴怒地說：「幻妖要成虛已經難到爆炸，他們當然希望自己的幻可以成虛，根本不需要擔心哪天幻妖會成真！」

「難道妳就這麼不希望我們成真嗎？」

御書一怔。

管庭冷冷地瞪視她，低吼：「姜玉都希望她的女兒是真的，為什麼妳不希望自己的兒子們是真的？妳是真的把我們當兒子看嗎？或者其實妳只是要兩個乖乖聽話的屬下？」

御書張了張嘴，卻不知該怎麼解釋。

「哼！」管庭得不到否定的答案，又氣又失望，轉頭就衝進紙箱。

管家看看臉色陰沉的御書，又看看衝進紙箱的管庭，躊躇了一下，還是選擇留下來。

御書現在是看見兒子就頭疼，疲憊地揮揮手，說：「管家，你去煮飯吧。」

聽到管家離開的腳步聲，她這才敢放縱自己想想「那個念頭」。

讓兒子成真嗎？

她怎麼可能會不想？明知不該想，卻又忍不住這麼希望，原本造出這兩個孩子的時候，就知道自己肯定壓抑不住想讓孩子成真的念頭，只是抱著反正不可能成真的想法，根本不需要過度擔心。

結果，管家莫名其妙地成了虛，管庭看著成虛也是時間早晚的問題，成真這件事，在對門鄰居的威能下，竟然真的有了希望……

讓孩子成真的多半是母親。

除了姜玉、姜子牙，自己是不是也出了一份力？

濃濃的咖啡香襲來，御書抬起頭，望見管家放下一杯咖啡，憂慮地看著自己。

「我和姜子牙做下約定，至少會再見一次面。」管家有些慌地解釋：「可我並不是因為想成真，所以才跟他做了約定，那有姜玉便夠了，我是、是……」

御書理解地說：「你從以前就很喜歡他。」

管家遲疑了一下，低垂著頭說：「如果您是母親，他應該就是、是……」

父親嗎？御書無言以對，這下可好了，連「雙親」都有了！

管家輕聲說：「邀約已經做了，我只要再見他一次，然後就不會去找他，請您不要生我的氣。」

「罷了，不用再避著他。」御書覺得這可能根本避不開，她甚至覺得姜玉是故意的，小雪不見的時候，她就知道來這裡找，等小雪回家了，她就又把一切都忘光光，這記憶力簡直高度智能化啊！

「姜家的狀況太複雜了，你和管庭都小心一點，我不希望你們被利用。」

管家點了點頭。

御書比著紙箱，說：「去幫我勸勸那個王八蛋，他本來就彆扭，要是更鑽牛角尖就不好了。」

「是的。」管家正要走進箱子，突然回過頭來，嘗試著問：「讓管庭成虛，好嗎？」

「你可真是個好哥哥。」

御書發現這兩個傢伙的關係居然沒看起來那麼差，雖然被兩個傢伙聯合起來隱瞞，但她卻發現自己一點也沒有生氣的感覺，自己的兒子們真的是一對好兄弟，當媽的實在氣不起來。

管家低垂著頭，不敢多說話。

「隨緣吧。」御書懶洋洋地說：「管庭那副德性，打從一開始就不可能一直當個幻，他根本沒半點幻的樣子！」

「是的！」管家高興地笑了，「那麼我這就去勸管庭。」

看著管家走進紙箱後，門鈴響了起來，御書一邊念著「早不來晚不來」，一邊認命地從沙發爬起來，走去開門。

「御書！」

姜玉開心地走進來，手上還拿著一只鍋，捧著獻寶似地說：「我滷了一鍋五花肉，分一點給你們吃吧！這次滷得恰到好處，保證好吃！」

御書靜靜地看著她。

姜玉被看得滿頭霧水，不解地問：「怎麼了，為什麼這樣看著我？」

看眼前人露出無辜不解的表情，御書嘆了口氣，無奈地說：「我一定是太寂寞了，才會跟妳做朋友。」

「……這句話應該是我要說的吧！」

「我出門啦！」

姜子牙像旋風般捲過去。

正在餵女兒的姜玉訝異地說：「今天又這麼早？你昨晚不是很晚回來嗎？等等，不用給你弄早餐嗎？」

「不用，路揚說他爸要下廚弄份早餐請我。」

「……劉易士？」

姜子牙一怔，停下腳步，狐疑地回頭問：「姐妳剛說什麼？」

姜玉正彎腰用衛生紙擦去江姜不小心滴在地上的蘋果泥，聽到弟弟的問話，她直起身來，不解地反問：「什麼？」

聽錯了吧？姜子牙改口說：「沒事，那我出門了，今天社團有活動，是夜遊，要到凌晨才會回來。」

姜玉眨了眨眼，狐疑地說：「早出晚歸的，好像很忙的樣子，你最好不要是在偷偷打工唷！不然我一定把你禁足！」

「真的不是，不信的話，妳可以問路揚！」

姜玉哼哼兩聲，「他肯定會幫你圓謊的，問他有什麼用。」

姜子牙尷尬地笑了笑，「真的不是在偷打工啦。」

幫路揚不算打工！

姜玉放緩神色，點頭道：「好啦，快去吧，都特地這麼早起了，別讓人家等你。」

姜子牙點點頭，一走出門口，整個人都傻住了，對面的兄弟檔竟然站在門口，看起來就是在堵他！

就算訂下邀約，也不用買一送一吧？

「御、御書還在睡吧？」姜子牙現在只能希望御書不要發現這件事。

管家微笑說：「主人已經准我們跟你見面了。」

管庭冷哼一聲，「現在才幾點，她怎麼可能醒來，你也太高估她了。」

「御書真的肯讓你們跟我見面了？」姜子牙十分懷疑，該不會是管家的託辭吧？

管家心情很好地說：「她也准許管庭成虛，可以請您呼喚他的名字嗎？」

「我才不信她答應了。」管庭撇過臉去。

姜子牙有點無言。「不是叫出名字就有用，我喊小雪這麼多次，她都沒有成虛，我真的不知道該怎麼叫才對。」

「我也覺得這點相當地奇怪。」管家沉吟了一陣子後，氣餒地說：「恐怕要等契機出現了。」

雖然管庭撇過臉去，但還是看得出十分注意兩人的言語，一聽到姜子牙說不知道該怎麼做，他難掩失望的神色。

姜子牙有點不知所措地說：「我、我該出門了。」

「請慢走。」管家一如往常，有禮地揮手道別。

姜子牙飛快地落荒而逃。

牽機車出來後，姜子牙回頭望著自家所在的大樓，心中忐忑不安，決定還是要找個時間去跟御書問清楚，免得管家和管庭根本是騙他的，那等管庭成虛的那一天，八成就是自己的忌日。

剛跨上車，手機就傳來訊息，姜子牙低頭一看，臉色大變，立刻騎車走人。

沒多久就來到廢棄校區外，路揚正靠在大門邊，一臉沉重，說：「你把車停遠一點，免得有人注意到你的車。」

姜子牙立刻把車停到對街去，然後走過來。

路揚催促道：「快進來吧，再晚一點，我們就不方便進出了。」

姜子牙跟著他快速閃進廢棄校區，等路揚把大門上鎖，他才和對方邊走邊問：「又發生命案？」

「嗯。」路揚臉色鐵青地說：「我失策了，本來想對方不會這麼快再次出手，因為時間拉得長，才不會引起懷疑，前面六個人的案子也花了一年，沒想到這一次，他居然立刻就動手！」

姜子牙皺眉，剛死過人就又動手，確實很冒險，不知道對方為什麼要這麼做。

「又是遊民嗎？大樓裡的味道這麼臭，怎麼還會有遊民過來？難道他們都是被抓來的嗎？」

「不是。」路揚低聲說：「這次的死者看起來很年輕，穿著打扮也像個學生，很可能是我們學校的學生，只是臉被毀容，一時查不出身分。」

姜子牙的臉色也變了。雖然多半不認識那名學生，但是一聽到是和自己同校的學生，心中難免有些不舒服。

「而且是個女同學。」

「什麼？」姜子牙愕然，心裡那股不愉快的感覺更盛了。「是躺在八樓嗎？」

「嗯。」

兩人一路走上八樓，胡立燦和方達已經兩人在那裡等著，一看到姜子牙來了，齊齊鬆了口氣。

胡立燦更是催促：「你們快一點弄完，出了第八條人命，前面七個人一定會被翻出來，這種大案子就不是我一個人說了算。」

姜子牙甚至來不及看屍體本身的樣貌，震驚地看著站在屍體旁邊的人影，她流著淚，表情十分迷惘，似乎不明白發生什麼事，就像個無助需要幫忙的女生。

一旁，方達卻誤會了，走上來安慰說：「雖然臉被割成這樣，不過看狀況應該是死後才毀的容，她應該是幾刀就斃命，沒受太多折磨。」

路揚輕聲問姜子牙，「你看見了嗎？」

「你沒看見嗎？」姜子牙反問，他以為路揚是看得見這類東西的，幽靈、妖怪等等，比較看不見的是那些奇奇怪怪的東西，像是小妖精之類的，雖然只要他一個提醒，對方似乎就能看見模糊的虛影。

這兩人的談話讓方達倒退三步，嚇得臉色都白了，還被自家胡隊長翻了個大白眼，罵聲：「白痴，你以為他們是來幹嘛的？」

路揚沒理會旁邊的插曲，說：「當然看見了，所以才問你，但是影子很模糊，根本看不見五官，你先看清楚，之後描述給警方聽，他們有專門畫像的人，有長相就可以很快查出死者的身分。」

姜子牙無力地說：「不用了，我知道她是誰。」

路揚一僵，「是系上的同學？」

「不是。」

「社團的人？」

「不是。」姜子牙嘆道：「不用猜了，是李瑤，你還記得她嗎？我們第一次遇到林芝香的時候，跟她在一起的那個女生。」

路揚訝異地說：「是她？竟然是她？」他一皺眉，疑惑地問：「這事難道和林芝香有關？」

「李瑤。」這時，姜子牙突然一喊：「妳還記得我嗎？」

原本靜靜哭泣的人影一僵，緩緩地轉頭看向他，眼淚越流越凶，甚至衝裂眼眶，血混雜著淚流了滿滿一臉，到後來，淚水流過的地方像是被刀割過一般，原本漂亮的臉蛋滿是刀痕。

迷惘的女生頓時成了厲鬼，她張大嘴，發出慘烈的尖叫，彷彿在抗議人生的不公。

路揚一聲「Shit」，怒斥：「你幹嘛喊她？」

姜子牙目瞪口呆，說：「我、我就想問問她發生什麼事。」

「你剛剛在叫魂，你知道嗎？」路揚簡直要抓狂了，沒想到對方會突然來這麼一聲，讓他連阻止都來不及，這也是他疏忽了，照道理說，一個普通人的呼喚是沒有這麼大能耐的，但姜子牙向來不普通，這一聲喚，比至親或凶手的呼喚還厲害。

方達顫抖地說：「到底發生什麼事了？為什麼突然颳這麼大風，這個季節怎麼會這麼冷……」

連一般人都感覺得這麼清楚了！

「全都出去！」路揚喊的同時，抓住姜子牙退出房間，這裡畢竟是命案現場，要是被破壞了，就算自己認識幾個警察，恐怕也不好搞定。

他喊道：「胡哥，你們下樓！」

胡立燦點了點頭，有過幾次經驗，他也不多問，抓上自家的菜鳥，立刻下樓閃人。

厲鬼的形貌越來越清晰，連路揚都能看清那滿臉的刮痕，只是這模樣也已經沒辦法看出是李瑤了。

他喚出剮來，同時暗暗評估對方的實力。照理說，這種剛生成的厲鬼應該不會太強悍，但是路揚不敢鬆懈，因為這次的變數太多，牽扯到道上人造成的命案，又有姜子牙的一喊，實在不是正常的狀況，恐怕也不能照舊評估。

厲鬼拖著腳步摸著牆面走出來，長長的指甲刮過牆面，混雜著尖叫，雙重尖銳的聲音簡直能直接刺進人的腦袋裡去。

見狀，路揚皺起眉頭，說這是剛生成的厲鬼，還真沒人信，赫赫有名的紅衣女鬼也不過如此。

看著李瑤的慘狀，姜子牙的心狠狠揪住了，原本她不是這樣的，就是因為自己的一喊，竟然會變成這副模樣。

「對不起，我、我不知道不能喊她……」

不對，他明明知道的，從小對那些妖物，自己不都是努力裝作視若無睹嗎？只要一個對上眼就被會糾纏不休，更何況是出聲叫喚，以往，這種事是他絕對不敢做的。

姜子牙突然覺得自己最近是不是太過有恃無恐了？因為有路揚、有御書，甚至有老闆，於是不再把眼中看見的詭異事物當作一回事，偷瞄天使到現在開口呼喚李瑤……他陷入深深的自責中。

路揚看了姜子牙一眼，張了張嘴，本想叫他下樓離開，但想一想又覺得還是讓他在這裡，好好看清真正的妖物是什麼模樣，別老是神經這麼大條，因為有隻器妖在家裡，對妖魔鬼怪的警戒心降到最低，同情心倒是高到氾濫。

「退到牆邊去，千萬別再插手。」

姜子牙照做了，他也不知道自己可以做些什麼，能夠不再拖路揚的後腿就萬幸了。

路揚看向自家的劍，剔的清晰度幾乎不能更上一層樓，哪天就算霧氣也不見，直接成了一把真劍，他都不覺得奇怪。對於從小就恨不能看清楚的愛劍，轉眼間都快能直接摸到了，這心情真是複雜到極點。

「天地自然，穢氣分散，八方威神，斬妖縛邪……」

路揚正氣凜然的念咒聲漸漸蓋過李瑤慘烈的尖叫聲，原本的陣陣陰風開始減弱甚至消散，厲鬼的腳步沉重起來，最後被釘在原地，再也無法動彈。

這讓路揚放心許多，看來就算有種種的加持，剛生成的厲鬼果然仍舊沒有太高的實力。

剔直指李瑤的方向，路揚厲道：「妳若是放下仇怨，快快離開塵世，本道便助妳一臂之力，再執迷不悟，只有灰飛煙滅一途！」

其實，路揚也知道，他這種逼法，沒有幾隻鬼會放下屠刀立地成佛，但還是照慣例問了一下，阿公說上天有好生之德，白話文就是給個機會，反正只是十秒鐘的時候，可以順便趁機蓄個勁。

對方果真沒有半點投降的意思，反而開始習慣咒語的壓力，身體一顫一顫，看著就快要再次能夠動彈了。見狀，路揚也不打算再繼續糾纏下去，情況特殊，給對方五秒就夠了。

「凶穢消散，道炁長存，急急如太上老君律……」

「路揚，住手！」

姜子牙突然擋在路揚和李瑤的中間，那個護衛厲鬼的模樣非常明顯，雙手都大張了，一副保護雛鳥的姿態。

「閃開！」路揚又怒又急，姜子牙背後沒有幾步就是厲鬼，若是對方掙脫控制……他立刻吼道：「姜子牙，快離開那裡，你今天怎麼回事？」

姜子牙搖了搖頭，比著路揚的身後，後者猛然回過頭，這才發現有個男人站在自己背後，頓時，警戒心升到最高。

「來者何人？」

男人穿著普通的襯衫和西裝褲，看起來三十歲上下的普通上班族，他走過路揚的身邊，似乎沒有看見對方。

路揚危險地瞇起眼睛，這人實在出現得太過蹊蹺，多半也是個妖物。

剔在半空中迴旋一圈，目標已經更換了，劍尖從厲鬼轉向不知何來的男人。

「不要！」姜子牙高呼，更走上前，擋在男人的背後。

路揚看向對方，怒得簡直想把他拖回去交給江其兵，讓他把姜子牙禁足一輩子！

「阿揚！」姜子牙十分堅定地說：「相信我，說好我幫你看的，不是嗎？」

路揚一怔，思索一陣子後，剔緩緩降低高度，停在姜子牙身旁，路揚不放心地說：

「你過來。」

姜子牙點點頭，看了剔一眼，有點不放心，索性伸出手就要去抓劍，當然這一次的目標是劍柄，但還沒有碰到的時候，剔便朝旁邊一閃，他只能摸摸鼻子算了，直接走回路揚身邊。

路揚瞪大眼看著這幕，最終見姜子牙沒抓住，嘆了口氣，卻不知道是慶幸還是失望。

看著剔跟著自己走到路揚身邊，姜子牙放心了，還有閒情逸致說：「你家的劍還挺有個性的，居然不給拿！」

路揚哭笑不得地反問：「你看過我握著剔嗎？」

聞言，姜子牙訝異了一下，隨後被眼前的景象吸引走注意力，也顧不得注意剔的狀況。

那個男人走向厲鬼，彷彿看不見對方的恐怖臉孔，笑著說：「瑤瑤，舅舅來囉。」

厲鬼瞪著他，奈何被路揚的咒語禁制住了，就算雙手勉強突破禁制可以動彈，但雙腳卻仍定在原地，血淋淋的長指甲沒有辦法傷到對方。

但男人卻毫無畏懼，一步步走向厲鬼，終於走到對方雙手伸長可以觸到的距離，厲鬼一喜，長指甲就抓了過去，眼看就要一把扯下男人的臉皮。

「瑤瑤。」

指甲停住了，再微微一往前就能觸到男人的眼睛，但男人似乎看不見那雙手，只是笑吟吟地喊：「瑤瑤。」

厲鬼直盯著男人，慢慢閉上那張大嘴，流不停的淚水緩和下來，最後剩下啜泣，她低垂下頭，哭泣著畏縮著，身影竟越縮越小，最後看起來就像個七、八歲的孩子，整個人撲向男人。

小女孩哭著抱怨：「嗚嗚嗚，舅舅，你說好要帶我去遊樂園的，為什麼沒來？」

「我這不是來了嗎？對不起，車子中途出了點問題。」男人笑笑地拍著小女孩的背。

小女孩看著舅舅，有點困惑地問：「你有來嗎？」

「小傻瓜，我不是就在妳面前嗎？」

小女孩一怔，露出燦爛的笑顏，點頭「嗯」了一聲。

「我們該走囉。」男人提醒。

小女孩歪著頭，不解地問：「走去哪裡？」

「遊樂園啊。」

小女孩雙眼一亮，大叫：「那我們可以玩很久很久嗎？」

「妳想玩多久都可以。」

「嗯！」

男人牽上女孩，整個過程都無視姜子牙和路揚，逕自往房間走去，房內的對外牆面已不再是牆壁以及預定作為窗戶的方洞，卻是一個通道，隱約可從中看見星空，彷彿是另一個世界。

「遊樂園在哪裡？」小女孩突然停住不動了。

男人一滯，溫言說：「進去就是囉！」

小女孩瞪大眼，卻不肯再移動腳步。

見狀，路揚微微走上前一步，剔再次飛上半空，隨時可以出擊。

姜子牙開口說：「路揚，我們先去坐摩天輪吧，聽說人很多要排很久，再來是旋轉木馬，還有你最喜歡的雲霄飛車。」

最好是。路揚翻了個白眼，他怎麼不知道自己喜歡坐雲霄飛車，但還是開口說：

「先坐雲霄飛車，摩天輪才沒人要坐。」

姜子牙一笑，「誰說的？摩天輪的人最多了。」

星空下，一座遊樂園漸漸現影，像是濃霧剛剛散去一般，摩天輪、旋轉木馬，遠一點的雲霄飛車正傳來歡樂的尖叫聲。

小女孩立刻衝進去，高興地大喊：「舅舅、舅舅，我要玩那個！」

男人回頭看了姜子牙一眼，輕輕點頭致意，隨後走了進去。

這時，手機不合宜地傳來一聲通知，姜子牙突然有種預感，默默掏出手機一看。

**司命申請加入你的好友。**

姜子牙歪著頭，只好按下接受，順手打上：謝了。

**司命：是我該謝了。**

姜子牙笑了笑，正想收回手機，卻接二連三傳來收到訊息的聲響。

**東皇申請加入你的好友。**

**東君申請加入你的好友。**

姜子牙無言以對。

路揚探頭過來看，訕訕然地說：「原來是他。說實話，我開始後悔送你一支手機了。」

「你送之前就該後悔！」

何仙姑申請加入你的好友。

「這又是誰啊？」姜子牙快抓狂了，簡直無法理解，為什麼自己根本沒給過人手機號碼，卻有一堆人搶著加入好友，到底是哪來的好人緣！

「我媽。」

「……」

節之三・社團

走出大樓，路揚跟守在大樓外的兩名警察表示處理完了，讓他們可以叫支援來處理命案現場。

路揚簡單說：「那個女學生叫李瑤，是數學系的，應該很好查到身分，沒辦法知道凶手是誰，但應該是道上人，我爸會來協助你們查案，沒有他在的話，你們要待在這幢大樓，人數至少要三人以上。」

就算清微宮有辦法找出道上人的身分，也不可能將對方繩之以法，還是需要警方查出證據來，才有辦法將對方判刑。

「知道了。」胡立燦突然想起來，很不好意思地說：「小揚，這次可能沒辦法給你申請補助了，這個案子太大，我沒法混水摸魚用一些其他名義要到補助。」

路揚白了他一眼，不甘願地說：「你欠我一頓火鍋！」

胡立燦立刻一口答應，他可是很了解道上人的價碼，別說一頓火鍋，就是帝王蟹吃到飽，他都賺很大啊！

方達看兩人的目光已經是看大師的地步了。

姜子牙摸摸鼻子，避開這目光，這一次，他可是心虛得很，若不是自己一喊，事情可能都不會變得這麼複雜。

隨後，兩人就直接走路到上課的大樓去，還沒有到上課時間，教室只有他們兩個，路揚從背包掏出早餐袋來。

「吃早餐吧。」

姜子牙表示接受有困難，雖然這次沒有昨天讓人聞之欲嘔的臭味，但卻是認識的人，心頭的沉重不比味道來得好受，讓人一點食欲都沒有。

路揚拿出餐盒，放在桌上，不容拒絕地說：「是白煮蛋、沙拉和水煮雞肉，我爸很清楚要怎樣弄食物和調味，才能在處理案子後能夠吃得下去，你吃個兩口就有食欲了。昨天晚睡，今天早起，等等還要上課，一定要好好吃東西。」

身為新手，姜子牙只能乖乖聽話，拿起餐盒開始吃，果然如路揚所說的，吃個兩口就發覺自己真的餓了，開始大快朵頤起來。

路揚又拿出一個保溫瓶出來，說：「雞湯，我阿婆熬的，等等喝掉。」

姜子牙看了一眼，「你就靠這個才撐住的？」

路揚聳聳肩說：「我的體能本來就很好，信不信我可以三天不睡，照樣生龍活虎給你看？」

「信。」姜子牙點頭了，從高中就見識路揚的能耐多了，當然，最近見識得更多……他忍不住問：「你一個月到底接幾件案子？」

「嗯？」路揚吞下水煮雞肉，摸著下巴，說：「件數不是很固定，但大大小小的案子至少有十五件吧？」

「這麼多啊？」姜子牙有點震驚，那不就兩天就要處理一件這種讓人吃不下飯的事情？

「我阿公和老爸還叫我再接多一點。」路揚氣惱地說：「當我是超人啊！」

抱怨完，他憤憤地咬著雞肉沙拉。

姜子牙安靜吃著雞肉沙拉和雞湯。

「幹嘛都不說話？」路揚皺眉道：「是我不對，一開始就挑錯任務，這個真的太不合適新手，簡直一開始就帶你打大魔王似的。」

姜子牙搖頭說：「是我不對，我不該亂喊。」

路揚搖頭說：「你是新手，難免犯些錯，之後小心些就好，重點是我不在的時候，你千萬要對那些妖魔鬼怪視而不見，別去招惹他們！」

雖然沒被責怪，姜子牙還是覺得心悶，沒想到自己的一喊竟然會把李瑤變成厲鬼，她本來還好好的……

他擔憂地問：「李瑤會沒事吧？」

「她掛了，這怎麼也算不上沒事吧！」

姜子牙一滯，連忙補充說：「我是說她的鬼魂啦。」

路揚皺眉道：「我說過，那算不算『鬼』，其實要看個人定義，也有人認定那其實是妖。」

姜子牙皺眉問：「原來鬼其實算在幻妖的範圍嗎？」

「總的來說，這一個算是器妖。」

「哪來的『器』？」姜子牙不解了。

路揚沒好氣地說：「難道屍體不算東西嗎？」

姜子牙恍然大悟地說：「所以，鬼魂算是器妖？」

「不一定。」路揚仔細解釋：「有些『鬼魂』並不是真的命案產生出來的，根本連屍體都沒有，只是以訛傳訛的鬼故事，像是廁所的花子，那就屬於幻妖的範疇，但這種妖物多半沒多大害處，頂多是被人看見，惹出幾篇鬼故事而已。」

姜子牙想了一想，問：「那校園傳說中的幽靈應該十之八九是幻妖吧？」

「沒錯。」

「難怪你對探索校園傳說這個活動沒什麼牴觸。」姜子牙喃喃，忽然想起來，連忙說：「喔，對了，廢棄校區的校園傳說是大樓會有第九層樓。」

「什麼！」路揚愕然，急問：「確切內容是什麼？」

姜子牙把從社團聽來的事情一五一十說出來，先說完廢棄校區的傳說，後來索性把其他校園傳說也一口氣講完。

路揚皺緊眉頭，問：「你曾經去過那些地點嗎？有沒有看見什麼？」

「路過靜思池很多次，但是那裡沒有什麼許願屍，只有一條美人魚常常跳到岸邊曬日光浴。文學院東側大樓也去過，但時間都不是晚上十二點整，沒看過人跳樓。其他地點幾乎沒去過。」

路揚拿著手機，把廢棄大樓的傳說簡單描述一番，然後直接傳給父親。

「夜遊是今晚吧？」路揚沉吟：「那今晚正好弄個清楚，以免夜長夢多。」

「你今晚不去廢棄校區嗎？」

「不了，那邊直接交給我爸看著，他的年紀比較大，胡哥容易讓他裝成什麼督察或者顧問，偷偷混進現場，就算被人發現不對勁，反正他也不常待在國內，不像我是本校學生，要是被個記者發現不對，很容易就會查出我來。」

這時，路揚的手機傳來接收訊息的聲音，他的表情突然變得有些奇妙。

「怎麼了？」

路揚直接把手機頁面給姜子牙看，上面赫然寫著：

司命、東皇、東君申請加入你的好友。

姜子牙不解地問：「你不是早就有傅君的電話號碼了，怎麼還沒加入好友？」

路揚摸摸脖子，一邊按確認加入一邊說：「只有登錄傅君的電話號碼，沒有交換通訊軟體，這還是因為方便聯絡你才和他交換號碼，之前，我連老闆的電話都沒有，更不認識什麼司命。」

三人中，顯然是司命最有禮貌，一被加入就傳來訊息。

司命：請多多指教。

路揚回了個笑臉過去，感嘆道：「這九歌真不知是什麼來路，唉，算了，我阿公已經跟我說過別去惹他們，真是奇怪的一群人。」

姜子牙問：「九歌的意思是一群神明，你知道嗎？」

「知道。」路揚瞥了姜子牙一眼，好笑地說：「你該不會真的以為你家老闆是神吧？」

「……不然呢？司命都會收走靈魂了，難道他不是死神之類的嗎？」

路揚笑了出來，「他做的事和我用剮砍的結果根本一樣，你怎麼不把我當神？」

姜子牙無言地說：「這哪能一樣，她看起來好像是上天堂去了。」

「我也能『超度』李瑤。」路揚平靜地說：「但是很久不那麼做了，過程非常地麻煩，失敗率也很高，我不像司命可以看穿對方想怎麼死，還擁有偽裝外型的能力，就只有剮而已。更何況，你真的覺得那是李瑤的鬼魂嗎？」

「那不是鬼魂，是什麼？」就算有幻妖器妖的名稱，也還是鬼吧？姜子牙有點搞不懂了。

路揚試問：「如果你超度完一個人的『鬼魂』，然後莫名其妙第二次遇到他，拿剔滅了他，接著又看見第三次……你還會覺得那是那個人的鬼魂嗎？」

姜子牙不知道，根本不是鬼，或者是個滅不掉的鬼，這還真難判斷。

「最後你怎麼處理他？」

路揚坦然地說：「交給阿公了，當時的我沒有辦法處理。」

「現在的你呢？」

路揚想了一想，「應該可以，現在的剔，大概沒有幾個滅不掉的鬼了。」

還得多虧了你。路揚覺得心情很複雜，尤其今天看見姜子牙真的想去握住剔以後，他有種預感，握住恐怕也是遲早的事情。

「嗯，那就好。」姜子牙點頭道。

路揚好奇地問：「好什麼？」

「好好來場夜遊。」

身為靈異怪奇現象研究社的社員，路揚首次來到社團所在地，看著周圍鬼屋般的斑駁牆面，他表示不予置評。

出乎意料地，林芝香竟然也在，姜子牙還以為她不會再來了，這女生當初入社的原因只是想知道這世上到底存不存在那種不可解釋的事情，想藉此釐清自己的天煞孤星命到底是怎麼回事。

「你好。」林芝香有點緊張地看著路揚。早上過去清微宮的時候，她沒有遇見這人，但卻不時從老人家們的口中聽見「小揚」這個名稱，雖然沒提到什麼具體的事情，她也能感覺得出這個「小揚」不簡單。

見到林芝香，路揚皺了下眉頭，他已經告訴姜子牙先別說李瑤的事情，把今晚的夜遊完成再說，免得再生事端，但是最慢也只能拖延到明天，林芝香恐怕就會知道了。

女大學生橫死在廢棄大樓，再者，這一年來竟躺了八個人在同樣地點，這案子太大，媒體是一定會報導的，警察能壓一天已經不容易了。

身邊又橫死一個人，要讓林芝香相信自己已不再是天煞孤星，恐怕會變得更困難。

姜子牙也看見簡志和他家天使了，對方一看見林芝香跟路揚打招呼，立刻如臨大敵地看著路揚，天使飄在後方，手上還舉著一把小弓箭，箭矢頭是個紅色愛心。

真想求簡志快點跟林芝香告白！姜子牙覺得這狀況略煩人，是說林芝香這也太遲鈍了點，大家都看出來簡志喜歡她了，就她一個人沒反應——但話又說回來，如果自己有無所不剋的天煞孤星命，八成也不會去關心誰在暗戀自己的小問題。

「歡迎你，新社員。」徐喜開走上前來。

繼社團所在地後，路揚再次對這個外型如幽靈的蒼白社長表示不予置評，再看看周圍只有十來個的社員，看起來還個個都不太對勁，有個人的脖子上掛滿十字架，某人的手上握著觀音像，還有一個竟在包包上貼滿符咒——喂，你知道裡面有一張是順產符嗎？

路揚覺得頭很痛，姜子牙這到底是什麼選社團的眼光，擲骰子決定都不會這麼糟糕！

徐喜開算了算人數，點頭說：「十二個人，全都到齊了，先來拜拜或者祈禱，然後我們就要先過去文學院東側教室，那裡有時間限制是十二點整，所以是第一個地點。」

只有十二個啊？姜子牙看了看人數，果然比招生那天少了一些，看來也不是人人都想參加這種活動。

眾人拜拜的拜拜，祈禱的祈禱，念佛的念佛，就某方面來說，真是宗教大同。

路揚熟稔地拿香點燃，遞了一束給姜子牙後，面對香爐，嘴中輕念，彎腰下拜，隨後上前插香，所有動作既是恭敬又顯得乾脆俐落，引得所有人都忍不住看過來，簡志更是看得目瞪口呆，都顧不得吃醋了，愣愣地說：「你怎麼連拜拜都能拜出一股氣勢啊？」

「哪有什麼氣勢。」路揚笑笑說：「就是動作俐落點而已。」

他家開宮廟的，能不會拜拜嗎？姜子牙默默在心中補充，隨後彎腰拜完，想把香遞給路揚，讓他順手插一下，結果卻被拒絕了。

「自己插。」路揚白了他一眼，「插香也是拜拜的流程之一。」

姜子牙「喔」了一聲，乖乖上前自個兒插香。

徐喜開看得津津有味，嘆道：「沒想到拜拜也是門學問，以後我會記得自己插香的。」

路揚看了對方一眼，不想回應，他向來不喜歡說出自家是宮廟的事情，以往就連姜子牙都不知道。

徐喜開再次叮嚀：「各位要記住了，整個過程中，千萬不要喊任何人的姓名。」

待眾人應了以後，他隨即宣布：「出發。」

眾人走在半夜的學校中，非常不習慣這種寂靜。

「半夜的學校真的是讓人感覺很不安。」

不知道誰咕噥了這麼一句，其他人也面露贊同神色。

「感覺很陰森耶，每次轉彎都好像會有東西跑出來似的。」

「說得就是啊！」

雖然話這麼說，但一有人開口戳破後，眾人的情緒反而不再那麼壓抑，開始正常說話聊天。

姜子牙再次表示完全不會不安，因為簡志的天使實在太礙事了，有這麼個發光體在，哪邊都陰森不起來，他絕對不會跟簡志去看恐怖片，雖然說他也不看恐怖片，現實就已經夠恐怖了，不需要花兩百多塊去電影院找恐怖——多半還沒有現實可怕。

姜子牙低聲問路揚，「你看見簡志的守護靈了嗎？」

路揚「嗯」了一聲，說：「看見一團光。」

「是個天使。」

「喔，我爸會很愛祂的，守護靈越來越少見，現代人都不信這些了，尤其是神祇類的守護靈，像是天使，多半只有在很虔誠的教會人士身邊才看得見。」

姜子牙好奇地問：「那我怎麼沒在你爸背後看見天使？驅魔師不算教會人士嗎？」

不知想到什麼，路揚笑了出來，說：「放心，總有機會看見的。」

還是不要看見好了。姜子牙覺得這傢伙的笑容很戲謔，肯定是在等著看他出糗。

「那你的守護靈呢？」姜子牙甚至好奇地朝路揚背後看了下，理所當然地，什麼東西都沒有，認識這麼多年，有也早該看見了。

路揚用看白痴的眼神看自己的好友，突然覺得自己誤交蠢友，現在絕交還來不來得及？

「要我叫剔出來轉個九九八十一圈提醒你嗎？」

「……不用。」姜子牙突然覺得自己真蠢了，連忙說：「我以為守護靈都是人形或動物之類的。」

路揚白了他一眼，看對方那一知半解的模樣，還是心軟解釋：「你不用想得太複雜，守護靈是一種統稱，大致上只是指一些會長期待在人身邊的妖物而已。」

聞言，姜子牙還想問為什麼自己沒有守護靈，不過想想，在場的人幾乎都沒有守護靈，自己沒有也不是什麼奇怪的事情，也就不問了。

在眾人興奮又緊張的輕聲交談中，終於來到文學院大樓東側教室，社長徐喜開用鑰匙打開其中一間教室，領著眾人走進去。

徐喜開無奈地說：「因為傳說沒有限定是哪一間教室，所以我就申請窗戶最大的一間教室。」

路揚開口問：「這些傳說都是從哪來的？」

徐喜開解釋：「有些是流傳已久的故事，有些是同學間口耳相傳的流言，幾乎都無法查證出處。」

路揚皺了皺眉頭，「我好像沒怎麼聽說過這些校園傳說。」

姜子牙也沒聽過，但是他覺得自己沒聽過根本正常，對於一個又要打工又要拿獎學金的學生來說，校園傳說不如打聽校園哪邊可以打工。

「你是不是很少在上學校的ＢＢＳ？」

路揚聳肩，承認：「連帳號都沒有。」

「那就對了，很多故事都是ＢＢＳ上流傳的。」

路揚點點頭表示了解。

見他沒有問題了，徐喜開轉向眾人，說：「大家開始做準備吧，我們只剩下二十分鐘了。」

於是眾人開始架上各式各樣的攝影機，新入社員兩人組沒有事情可以做，只好在一旁納涼，林芝香望著兩人，似乎很想加入，但又怕自己不受歡迎。

路揚朝她招了招手，她立刻走上前去，完全顧不得自己看起來就像是個迷戀路揚的花痴。

「交換一下電話號碼吧。」路揚拿出手機來。

林芝香一怔，但看路揚的神色，便明白這無關搭訕，大概純粹是因為自己的命格。

她遲疑了一下，想到清微宮中，那些老人家提到「小揚」時，不經意流露出的讚賞，她終於交出幾乎沒有人知道的電話號碼。

兩人交換號碼時，姜子牙瞄向簡志，對方低垂著頭，連後方的天使都垂頭喪氣，愛神小弓箭也消失無蹤了。

好吧，面對路揚這樣的混血模特兒情敵，確實很容易放棄人生。

姜子牙想了一想，覺得簡志放棄或許也不是件壞事，在林芝香沒搞定天煞孤星這倒楣事之前，她根本不敢談戀愛吧，而路揚又說這件事可能要花很長時間⋯⋯

姜子牙拍拍簡志的肩。為了小命著想，你還是換一個女孩吧。

簡志心有靈犀一點通，抬起頭來看向姜子牙，堅定地說：「不！」

姜子牙一個揚眉，想不到簡志這樣怯生生的個性，面對路揚這麼高等級的對手，還有一爭的念頭，看來是真喜歡林芝香。

「還有十分鐘，各就各位吧。」

路揚走到姜子牙身旁，還被簡志瞪了好幾眼，他滿頭霧水地看著對方，簡志這才把眼神移開。

路揚疑惑地看向姜子牙，這傢伙的嘴角偷彎了好幾次，別以為他沒看見！

「看窗戶啊，你看我幹嘛？」姜子牙忍笑地說。

聞言，加上簡志和林芝香或多或少都注意著這邊，路揚也只好看向窗邊，現場除了十來個社員，還架著攝影機、照相機，竟然還有紅外線攝影機，也算是設備齊全。

路揚卻不覺得這些有什麼用，還不如姜子牙的一隻眼睛。

「還有五分鐘，接下來請保持安靜。」

時間一分一秒地過去，眾人也越來越屏息以待。

終於到了最後倒數，十、九、八……

十二點整。

# CH.4 校園傳說

節之一・一步步

「哈啊！」

路揚打了個哈欠，說：「該去下一個地方了吧？」

聞言，眾人終於整個放鬆了下來。

離十二點已經整整過去十五分鐘，就算要用手錶時間有誤差都說不過去，什麼事都沒有發生，別說有人掉下來，就是連隻鳥都沒有飛過去。

姜子牙表示有隻天使飛來飛去倒是真的。

「你有看見任何東西嗎？」路揚用懶洋洋的語氣問姜子牙，看起來就像是在開玩笑。

姜子牙卻知道對方不是在開玩笑，只是被林芝香和簡志盯著看，只能用這種口吻問話。「什麼都沒有。」

「我也這麼覺得。」路揚再次轉頭看著窗外，卻用眼尾瞄了姜子牙，後者輕搖了搖頭。

徐喜開倒也沒有失望的神色，一如往常所說的話，他只是要驗證是真是假，至於結果的真假倒不是那麼重要了，說：「看來這個傳說就只是個『傳說』，走吧，下一個地點是離這裡最近的靜思池，還有許多地方要去，大家快收拾吧。」

出師不利，眾人收拾起來都有些意興闌珊，但突然間，有人驚呼：「天啊！紅外線攝影機拍到東西了！」

路揚看向姜子牙，後者皺著眉頭，反射性看向窗戶。

一抹影子從上面落下，速度非常地快，甚至都看不出個確切形狀，只能看見一張咧著大大笑容的嘴。

姜子牙瞪大了眼。

「真的有啊！」眾人圍觀著那臺小小的攝影機，把畫面重播了一次又一次，開始騷動起來。

路揚不動聲色地拉著姜子牙過去看重播，畫面中就是一個黑影快速掉下去，只是更加模糊，連笑容都看不見。

路揚看了姜子牙一眼，這一次，後者點了點頭。

有人提出質疑：「該不會只是有什麼東西從上面掉下來吧？」

「可是剛剛我們都盯著窗戶看，什麼東西都沒有啊！」

「這倒是……」

紛紛亂亂了一陣子，直到徐喜開說：「大家先用手機翻錄一下，免得檔案出什麼意外，然後就該去下個地點，我們的時間不多。」

聞言，眾人紛紛拿著手機錄下畫面，還有人立刻就上傳到社群網站去，連路揚都不免俗地拿著手機拍下來。

他也按了傳送，卻不是上傳，而是傳給自家父親。

「好怪。」姜子牙回想再回想，在錄像之前，他絕對沒有看見任何東西，先錄到，才看見？

路揚見沒收到回音，就把手機收起來，拍了姜子牙的肩膀說：「先別想了，把所有傳說地點都走過一次再說。」

「新社員說的對。」徐喜開說：「快走吧。」

眾人開始轉移陣地。

靜思池不過是一個小池塘，中間有座小橋，十二個人站在上面都有點勉強，更何況還得擺上好幾臺攝影機，所有人幾乎都不能動彈，這一次站不到十分鐘，大夥就有點受不了了。

「感覺好像有點蠢。」有人笑了起來。

「真的……我要去池塘邊等了，反正靜思池這麼小，從那邊看和這裡一樣清楚──」

「啊啊，水裡有東西！」

突然有人尖叫，所有人立刻朝池面看去……一條錦鯉翻滾了一下，彷彿在嘲笑橋上的眾人，隨後又悠然自在地游到別處去。

「……」大夥接二連三地用手巴了那個亂叫的傢伙。

路揚倒是不在意，一整夜趴在屋頂上的事，他都幹過，這點擠算什麼，只是姜子牙可能沒有這個辦法，他抬頭看了姜子牙一眼，對方死死地看著湖面，幾乎連眨眼都快省下來了。

看來也沒問題的樣子。路揚摸了摸鼻子，卻發現嬌小的林芝香都快被擠得掉進池塘去了，只能用雙手撐在橋上，撐得滿臉通紅。

路揚移動到她的後方，默默地喬了一點空間出來，林芝香回過頭，露出感激的眼神。

幾個人開始朝橋下移動，抱怨：「不、不行了，好熱啊！」

少了幾個人，橋面總算不那麼擁擠了。

見好友還在死瞪著池面，路揚笑了出來，拍了拍他的肩，說：「放輕鬆點，你的眼睛都快瞪出來了。」

姜子牙轉頭一看，嘆道：「什麼都沒有。」除了有條美人魚沉在池底睡覺。

徐喜開說：「把紅外線攝影機放出來看看。」

這話一出，眾人立刻精神一振，說的就是，剛剛不正是紅外線拍到東西的嗎？

可惜，這一次，什麼東西都沒有，只見平靜的池面偶爾被風吹起漣漪。

「看來這一次的傳說是假的了。」徐喜開笑著說：「大家也不用失望，要是每個都成真，那未免也太恐怖了吧。」

眾人稀稀落落笑了起來，還是免不了有些失落，畢竟剛剛拍到的東西根本連是什麼都看不清楚，只是出現得有些蹊蹺。

一個男生笑笑地說：「既然是許願屍，那我現在就來許個願吧。」說完，他從口袋掏出皮夾，拿出一枚硬幣，扔進池裡。

「希望接下來的行程不要再失望了。」

有人不安地說：「你這樣不好吧？許願屍的傳說有點恐怖耶，願望實現的話，許願的人會取代許願屍的。」

「反正根本沒出現不是嗎？」

「也是啦……」

「大家收拾一下就走吧，接下來是校務大樓的廁所鏡子傳說。」

眾人收拾的同時，姜子牙也鬆了口氣，揉揉眼睛，現在才覺得眼睛乾到快噴淚了。

路揚拍了拍他的肩，悶笑地說：「走吧，接下來記得眨眼啊，這才第二個傳說，別等到看完六個，你連眼睛都張不開了。」

姜子牙也覺得自己有點傻，尷尬地「嗯」了一聲。

這時，後面突然傳來急促的水聲，姜子牙定住不動了，緩緩回過頭去，看著池面，有個白皙的東西浮了上來。

路揚走到一半，發現好友沒跟上來，一聲「子」字剛出口，他就想到不能喊名字的禁忌，連忙把後面那個字吞下去，此時卻發現姜子牙正看著池面，眼神活像見了鬼。他看向池面，隱隱約約看見白色影子正浮在水面上。

還真的出現了？

路揚驚疑不定地看著那道似人又不似人的影子。

「你們兩個怎麼不走——」簡志疑惑地問到一半，猛然發現他們在看池塘，立刻跟著看過去，發出驚慌短促的一叫，在這寂靜的夜裡顯得格外清晰。

前面的人群全都停下腳步，回頭看著簡志，又是驚又是疑，在這種時候發出尖叫，要是惡作劇的話，眾人恐怕打死他的心都有了。

「池裡……」簡志比著池塘，後面的話卻說不出來了，池面一片平靜，什麼東西都沒有，他目瞪口呆，看見路揚和姜子牙兩人，像是看見了救星。

「剛剛你們都看見了對吧？你們停下來看著池塘，一定是看見裡面有人吧？」

「或許是個塑膠袋吧。」路揚平靜地說：「剛才也沒看得很清楚。」

「真的有許願屍？」剛剛丟了硬幣的男生驚疑不定地問。

旁人驚呼：「天啊，你剛剛還許了願！」

「多半是個塑膠袋啦！」路揚十分堅持地說。

「才不是。」簡志惱怒地說：「要是塑膠袋的話，怎麼可能一下子就不見了！」

路揚噎住了。

姜子牙突然笑了出來，說：「就是魚啊，好大一條白色錦鯉，剛剛整個浮在水面上，乍看真像個人影，嚇了我一大跳，結果腳的地方根本是魚尾，大得超誇張的，你們沒看清楚嗎？」

聞言，簡志一怔，這麼說起來，剛剛看見的人影比例確實不太對，難道真的是魚？

大家鬆了口氣，紛紛罵起簡志。

「你是要嚇死人喔！」

「看仔細一點啊！剛剛不是已經被魚嚇過了嗎？還不知道裡面有魚喔！」

簡志張了張嘴，最終還是沒有辯解，雖然不喜歡被認為犯錯，但還是下意識地……就當是自己眼花好了！

他尷尬地搔臉道歉：「對不起啦！」

眾人也只是隨口念念，事實上沒人怪他，丟硬幣的人甚至鬆了口氣，慶幸簡志也承認是眼花。

「走吧，去下一個地方。」

眾人紛紛啟程，走得十分快，林芝香回頭看了路揚和姜子牙，見他們走在最後面，明白他們是有話想說，乾脆拉上簡志走到前面去，不打擾這兩人。

路揚低聲問姜子牙：「是什麼？」

「那條美人魚死了，浮起來又沉下去，她的額頭上還有一枚硬幣，剛剛丟下去的硬幣是一塊錢嗎？」

路揚的臉色沉了下去，點點頭。

美人魚若是死了，也算是許願屍嗎？姜子牙之前從沒想過這點，更不願看見這點，上學一年多了，路過總會看見她，現在突然就死了，他覺得有點慌亂和難過，甚至希望這是美人魚故意嚇嚇他們而已。

但他知道不是。

人魚正面朝上浮上來，雙眼瞪大，眼眸蒙上一層灰，看起來如此不甘。

「有人許了願，該怎麼辦？」姜子牙擔憂地問。

路揚也正在煩惱這點，照理說，校園傳說最多只是一堆幻妖，不會鬧到出人命，但是先有廢棄校區出了八條人命，現在才探訪兩個校園傳說，竟然兩個都是真的？

「先看看。」他低聲說：「不得已的話，我們就出手破壞接下來的行程，這樣一來，他許的『不要失望』願望就不算實現了。」

姜子牙點了點頭，有了解決方案，總算感覺沒那麼緊張了。

到了校務大樓的廁所外，徐喜開說：「因為傳說提到會在鏡子中看見一大群人，所以我設想那應該是一面很大的鏡子，校務大樓只有這一邊的廁所是用大長鏡，其他都是單人鏡，但是樓層的話，就無法肯定了，所以我只是挑了最好申請的一樓，希望就是這裡囉。」

眾人看著廁所入口，有人苦哈哈道：「半夜的廁所還真讓人不想進去啊！」

「要不要開燈啊？」

「應該不行吧？」

「可是這麼暗，不開燈是要看什麼……」

徐喜開開口說：「先進去再說，太暗再開燈。」

今天的月光算是充足，廁所有一面對外窗，開得頗大，即使沒開燈，也不至於伸手不見五指，眾人商量了一下，還是決定不開燈了。

一大群人架好攝影機，靜靜看著鏡子，這情況說有多詭異就有詭異，連路揚這種半夜會跑出去斬妖除魔的傢伙都覺得這到底是什麼社團活動，難怪姜子牙說這社團快倒社了！

「可以快點嗎？只要打個招呼說『哈囉』就可以走了嗎？我都快被鏡子裡的自己嚇到尿出來了啦！」一個女生抱著雙臂說：「鏡子的我們看起來好可怕啊，你覺不覺得那倒影好不像自己喔？感覺她在瞪著我。」

「怕嚇尿的話，後面有馬桶。」

「誰敢進去上啊！」

「妳可以不要關門……」

徐喜開咳了一聲，「那現在要開始打招呼了嗎？」

眾人緊張了起來。

徐喜開深呼吸一口氣，說：「大家好。」

大夥都看向鏡子，沒多出誰來。

「晚安？」徐喜開換了一種打招呼的方式。

仍舊不多不少。

「初次見面？」

過了幾分鐘，徐喜開扭頭問：「攝影機呢？」

操作者重播畫面，搖了搖頭。

出乎意料，這一次，大夥沒有什麼失落的意思，剛剛許願屍的事情都給眾人留下陰影，心底紛紛暗自希望接下來的行程不如失望得好。

徐喜開點了點頭，說：「那走吧，要趕點時間了，再來是醫學院、籃球場，圖書館最遠就放最後。」

眾人紛紛迫不及待地離開廁所，大半夜待在廁所真是太毛了，就算什麼事情都沒發生，還是覺得不對勁。

離開之前，姜子牙感覺到視線，回頭朝鏡子一看，瞪大眼，忍不住伸手抓住前方的路揚。

「別擔心這個。」路揚瞄了鏡子一眼，果然有人影，還一大群呢！他低聲說：「鏡子裡的幻妖非常多，是很普遍的東西，尤其是廁所裡的，幾乎都會有。」

姜子牙輕聲說：「那是我們的倒影。」

「……那也不奇怪。」

「可是我覺得好像哪裡不對。」姜子牙看著鏡子，說不上來哪邊怪怪的——其實是哪邊都不對勁吧！

「有多出人嗎？」路揚只想知道有沒有符合校園傳說。

姜子牙看了看，沒看見陌生的臉孔，雖然他對這個社團的人還不熟，不過扣掉他自己、路揚、簡志、林芝香和徐喜開，也就剩下七個人，倒是不難認出來。

再三確認，他搖頭說：「沒有陌生的臉。」

路揚點了點頭，「那就好，這樣就不用出手破壞活動，廁所這邊已經是『失望』的行程了。」

姜子牙遲疑了一下，還是點了點頭。

醫學院在另一塊校區，眾人得先離開這塊校區，走到大馬路上，一走出學校，大家不約而同都有鬆口氣的感覺。

雖然時間已經兩點出頭，但這裡不愧是大學校區外，有不少賣宵夜的店家，裡面也都有學生在吃宵夜，倒是一點都不冷清，比後方的陰暗校區不知好了多少倍。

有人嘆氣道：「媽呀，從來不知道學校有這麼可怕。」

徐喜開笑了出來，說：「總的來說，我們也沒拿到什麼決定性證據。」

聞言，眾人都說不上來這是好是壞，會加入靈異現象研究社，本身多半是想證實確有其事的，也就簡志這個怪傢伙是為了打破靈異事件來的，但真的發生怪事，大夥又覺得不如不發生……

路揚聽見一聲訊息提示，低頭看著手機，發現之前傳給父親的影片居然傳送失敗了，於是又按了一次傳送。

「少年耶，進來坐啊！」一個老闆娘熱情地招呼：「啊你們一桌剛剛好！」

姜子牙一揚眉，最好是，十二個人一桌不擠死才怪，他們還都是大男生，女生只有兩個。

徐喜開催促著說：「快走吧，離三點沒剩多少時間了，籃球場的時間限制是三點，這之前還要先去醫學院。」

眾人哈哈笑著說：「本來還想吃個宵夜呢，好香啊！」

走在大馬路上，氣氛不若剛才那般沉悶，大夥一路嘻嘻哈哈走到醫學院校區去。

姜子牙和路揚跟著眾人來到醫學大樓，這是兩人都不熟悉的地方，這裡和文學院所在校區是離得最遠的，平時也沒什麼課需要過來這邊。

一個男生讚嘆：「社長，你也太威了，連醫學院大樓也能借到喔？」

「只借到有模型的一間。」徐喜開說：「出外靠朋友，認識幾個醫學院的同學，也就沒那麼難了。」

「模型是假的吧？」有人不安地問：「應該不是真人？」

徐喜開拍拍對方的肩膀，保證說：「放心，絕對不是真的，醫學院不可能借給我存放大體的教室，他們自己的學生都不可能輕易借到了。」

聞言，對方放下心來。

姜子牙看向林芝香，關心地問：「妳還好嗎？」

就他想來，畢竟是女生，總是會比較害怕的吧？

林芝香點點頭，「還好，我不怕的。」

看著她，姜子牙皺著眉，總覺得很不踏實，那種不對勁的感覺更盛了。

「怎麼了？」林芝香莫名其妙地說：「為什麼這麼看著我？」

姜子牙遲疑了一下，搖頭說：「沒事，我還是不太喜歡這種活動。」

林芝香笑笑說：「看得出來，你們兩個都好緊張，其實也沒發生什麼，又快結束了，再撐一下吧！社團活動其實還是看電影、用網路查鬼屋資訊比較多的，很少實地探險。」

路揚拍了拍他的肩，姜子牙也覺得自己是不是太緊張了，比起廢棄校區的八條人命，這邊發生的異狀簡直不值一提，說句老實話，和自己每天看見的東西也差不到哪裡去。

姜子牙鬆了口氣，點點頭。

眾人很快就來到醫學大樓外面。

「又是一樓囉。」徐喜開打開一扇門，解釋：「上面的樓層，他們也不敢借給我，裡面的危險東西太多了，只能借到一樓上普通課的教室，幸好也是有模型。」

眾人進了教室，一眼就看見站在講臺旁的人體模型，塑膠製的模型看起來有點老舊，而且也並不精緻，反倒還不如廁所的倒影恐怖。

照舊架好了攝影機，大夥這次有點不該怎麼辦。

「現在就看著模型嗎？」有人遲疑地說：「可是這一個傳說是要對模型說……如果不說那句話，什麼事也不會發生吧？」

「你好假。」

眾人一怔，簡志竟朝著模型說了跟傳說一模一樣的話。

「你為什麼說這話？」路揚厲聲說：「難道不知道傳說內容嗎？」

簡志莫名地說：「不說要怎麼打破這個傳說？本來就決定是我要說這話的啊。」

「什麼時候決定這種事了？」有人不解地問。

「嗯？不是說這個傳說就是我來嗎？」簡志看起來也是滿頭霧水。

「哪有啊……」

路揚簡直氣急敗壞，原本看這個社團出發前會拜拜和祈禱，還算有點規矩，應該不會出太大的事情，結果竟然特地安排人來測試傳說內容？

「不要再繼續下去了！」路揚惱怒地說：「早知道是這麼亂來的活動，我們才不會參加，林芝香，我和姜子牙要走了，妳走不走？」

他故意叫上林芝香，只要走的人夠多，剩下的人肯定不會再繼續，大家本來看著就已經很壓抑，一下子走一半人，活動就被破壞了。

「好。」林芝香也覺得不太對了，她從沒聽過有安排人測試傳說內容的事情，不由得狐疑地看向社長。

徐喜開連忙說：「我沒有啊！不信妳問簡志，不是我叫他做的！」

眾人紛紛看向簡志，後者緊張地說：「就是社團發來的電子郵件，自己勾要測試哪一樣不是嗎？我看就剩下人體模型，只能選這個了啊。」

「沒有那種郵件！」徐喜開氣急敗壞地說：「不信回去查發信人，絕對不是我發的！」

眾人你看我我看你，臉色都不大對勁了。

路揚拉了姜子牙一把，說：「走吧，其他人不走就不關我們的事了。」

姜子牙還正打量著人體模型，被這麼一拉，轉過身來看著所有人，突然就覺得不對了。

路揚看見他的臉色不對勁，頓時假裝氣呼呼地看著眾人，讓姜子牙還有時間多看一下。

姜子牙環顧眾人，不對、不對，到處都不對！

簡志忍不住在胸前畫了個十字，哭喪著臉低頭祈禱：「主啊……」

姜子牙終於發現最大的不對勁了。

天使呢？

「簡志。」

簡志轉過身來，看著姜子牙，疑惑地問：「嗯？什麼？」

姜子牙看著簡志，似乎沒有不對勁，但是身後的天使卻不見了，那麼顯眼的天使，到底是從什麼時候不見的？

一路上，他都憂心忡忡，覺得到處都不對勁，根本沒注意到天使的行蹤，到底是什麼時候消失的？

是在簡志對模型說了「你好假」嗎？不對，這教室很暗，如果天使那時還在，亮光應該很明顯，所以……

肩上突然被拍了一拍，姜子牙看向路揚。

「大家要走了。」

姜子牙這才發現，眾人都看著自己。

「喔，走吧。」他越想越是頭大，也覺得快點離開最好。

眾人走出醫學院大樓，幾乎連說話的心情都沒有，路揚特意和姜子牙走在最前方領路，他覺得太不對勁，最好還是自己領路，免得被帶去剩下兩個校園傳說的所在地。

咚、咚……

後方，徐喜開「啊」了一聲，輕聲說：「籃球場，本來就在出去的路上。」

眾人驚慌地看向一旁，果然沒錯，幾棵樹旁邊的場地不正是籃球場嗎？

大約五、六個人影站在樹蔭底下，笑說：「要不要一起打球？」

和傳說一模一樣！大夥簡直全要嚇死了，難道今天非得把傳說全走完嗎？

不管啦！路揚真怒了，正想不管三七二十一把剔喚出來，將面前這堆東西統統劈掉了事的時候……

「耶？你們不是我們系的吧？」

幾個拿著籃球的大男生走出樹蔭，訝異地看著這夥人，不解地問：「怎麼從我們系館走出來？」

靈異怪奇現象研究社的社員全都呆愣愣地看著對面幾個男生，看著……好像是正常人？

徐喜開驚疑不定地問：「你、你們怎麼這麼晚在打球？」

大男生摸摸鼻子，說：「會晚嗎？打完剛好吃早餐，吃完就可以去溫書，然後就直接上課啦。」

說好的睡覺呢？

路揚回頭看了姜子牙一眼，對方搖搖頭。

他這才放心說：「抱歉，我們是進行社團活動，已經結束了，正要離開。」

對方好奇地問：「什麼社團活動會跑來我們系館？」

「夜遊。」

幾個男生一怔，笑著說：「夜遊跑來我們系館？喔，知道啦，是探索校園傳說對吧？」

「沒錯。」路揚點頭了，他現在只想快點帶著這些人離開學校，統統趕回家去，然後他還得跟姜子牙討論一下到底發生什麼事情了。

「那有被追嗎？」男生笑嘻嘻地問。

「追什麼？」姜子牙不解地問。

「被人體模型追啊！」

路揚聽到人體模型就想回頭瞪簡志，沒好氣地說：「沒有！根本什麼事情都沒有發生！」

「幹嘛這麼凶？」

路揚實在懶得說了，丟下一句「我們先走了」，隨後領著眾人離開。

見狀，幾個醫學院的男生也發現這夥人的心情貌似很不美好，摸摸鼻子，也就目送對方離開。

「是說他們幹嘛臉色這麼難看啊？」

「八成被人體模型嚇破膽了。」

「拜託，就那個假得要命的模型？就算它真的像傳說那樣會拔腿追我，我也不怕它好不好！反正只要繞系館跑一圈就沒事了。」

「最好是，等它真的追你，我看你連尿都嚇出來了……」

「散了吧。」

徐喜開懊惱地說：「都是我不好，活動安排成這樣。」

「其實也不關你的事啦……」

眾人安慰道，卻又不敢繼續說下去，到底是關誰的事，實在是沒人搞得懂，好好的夜遊活動，其實大夥根本不抱希望可以遇見任何靈異事件，可能會很無聊，結果……他們現在寧願這活動無聊透頂！

「先回去吧。」徐喜開喪氣地說：「我、我回去看看影片有沒有異狀，再發社團活動通知給大家。」

眾人都不敢應，其實幾乎有退社的想法了。

徐喜開大概也清楚，匆匆說「散會」後，大夥就鳥獸散了。

看著眾人離開的背影，姜子牙愣住了。

「子牙，走吧。」路揚一邊低頭看手機，一邊拍了拍他的肩，說：「去廢棄校區看看，我爸一直沒回訊息，不知道是怎麼回事，我想過去看看。」

「……七、八。」

「什麼？」路揚抬頭看著姜子牙，對方傻得簡直像中邪似的。

「加上我們兩個，只有十個人！」姜子牙呼吸急促了起來，甩著頭想把思緒甩清楚，「女生又為什麼只剩下林芝香？這根本不對！」

「十個哪裡不對嗎？」路揚不解地反問。

姜子牙抓住路揚的肩膀，著急地說：「你回想看看，我們一開始的隊伍中究竟有幾個女生？」

「女生？不就是林芝香……」路揚停住了，不！不對，好像有聽到林芝香以外的女生說話。

他的臉頓時黑了一半。「我們到底有幾個人？」

姜子牙努力回想：「肯定有一個女生不見了，她在廁所有說話，她說自己快嚇尿了，還問是不是只要打個招呼說『哈囉』就可以走了？」

「Shit!」路揚急道：「她打了招呼，比徐喜開還早說出口一步！我們快回那間廁所去！」

兩人互看一眼，拔腿就跑，直衝回那間廁所，姜子牙的體能沒路揚那麼好，衝到的時候，就剩下喘氣的份了。

路揚環顧整間廁所，外間沒什麼問題，但是有幾個廁間關著門，這讓他有很不祥的預感，他走過去，一間間打開，直到開了最後一間，暴怒衝口而出：「Shit!」

一個女生就這麼坐在馬桶上，四肢癱軟，脖子卻後仰到整個躺在水箱上，雙眼和嘴巴都張大到極致，彷彿看見世間最可怖的事物。

路揚徹底想起她來了，確實沒錯，這個女生一開始就在隊伍裡，離開廁所的時候卻不見了，而他卻沒有注意到這點！

明明自己跟著，居然還會發生這種事……

路揚簡直想打自己幾巴掌，若不是姜子牙點破，恐怕他還傻傻地回家去了，根本不知道已經出了命案！

路揚走出廁間，卻看見姜子牙站在鏡子前方，整個人僵直到動也不動，這景象差點嚇死他了，失聲喊：「子牙！」

姜子牙轉過身來，看上去有些傻愣地說：「路揚，他不在鏡子裡。」

「什麼？」路揚不解地問：「誰不在鏡子裡。」

「那個在靜思池許願的男生啊！」姜子牙驚恐地高聲說：「他不在廁所的鏡子倒影裡面，鏡子沒多出人，可是少了一個，少了許願的男生！在那時候，他就已經不見了！我們原本是十二個人才對！」

路揚喃喃：「靜思池……」

他臉一白，拉上姜子牙，兩人再度拔腿衝向那個池子。

池子裡浮著一具屍體，仰面朝天，額頭正中央還有一枚一元硬幣，那個姿態和死去的人魚一模一樣。

路揚張了張嘴，跌坐在地上，說不出半句話來，頹圮地說：「子牙，我們真的只有十二個人嗎？」

「嗯。」姜子牙拉了他一把，說：「走，簡志的天使在人體模型的時候不見了，我想不起來是什麼時候不見的，我們得去找簡志。」

「簡志……」路揚用力敲了敲腦袋，確定地說：「剛剛道別的時候，他還在。」

姜子牙也知道這點。「嗯，所以我們可能還有機會救他。」

聞言，路揚直接從地上跳了起來，「走！」

「現在的問題是該去哪邊？」

路揚看著姜子牙。

「去找簡志，還是去人體模型那邊？」

路揚深呼吸一口氣，說：「我去人體模型那邊，你去找簡志，但你絕對不要逞強，一有不對勁，保護自己首先，知道嗎？」

姜子牙一笑，「放心吧，我絕對不會丟下我姐。」

「那就對了。」路揚拍了拍姜子牙，說：「走，不能再拖延了，分頭行動！一切用手機聯繫。」

姜子牙點了點頭，看著路揚離開，他也朝著隊伍分開的地方大步前進，同時打電話給簡志，但電話卻打都打不通，不得已之下，他只好跟路揚要來林芝香的電話。

「喂？請問你是哪位？」

「姜子牙。」

「你不該記錄我的電話號碼，我是天煞孤星，難道你還不懂——」

姜子牙停下腳步，地上有羽毛，雪白的、微微發著光的羽毛。

「妳知道簡志住在哪或者他可能在哪裡嗎？」

他一邊跟著羽毛走一邊和林芝香對話。

「簡志住在宿舍，我不知道他現在在哪裡，你問他要幹嘛？」

「剛剛的夜遊有問題，我懷疑他可能會出事，妳能幫我找到他嗎？」

林芝香倒吸一口氣，說：「我現在就在宿舍校區的附近，馬上就過去。」

「男生宿舍，妳進得去嗎？」

「別跟我說你不知道，男生要進女生宿舍很難，女生要進男生宿舍是會多難？」

姜子牙表示他住家裡，兩種狀況都不知道有多難。

「妳過去看看，如果真的找到他，最好拉他跟越多人在一起越好。」

「好。」林芝香躊躇了一下，問：「那你會過來嗎？」

「我這邊有另一條線索，如果沒有發現就過去，妳注意自己的安全，不要落單，有問題就打電話給我或者路揚。」

「好。」

掛斷電話後，姜子牙開始順著羽毛找了過去，他有種預感，找到天使就可以找到簡志，雖然他最後見到簡志的時候，天使並不在對方的身邊。

路揚一路衝回醫學大樓，就算沒有鑰匙，對他也不是大問題，直接擊破窗戶進去就是了，事急從權，這種小破費換回一個學生的性命，校長都會感謝他。

衝到人體模型的面前，路揚看著那具模型，卻沒有發現什麼不同，不知道從何下手，只能先喚出剔在一旁戒備。

剔在人體模型周遭飛來飛去，卻沒有什麼不對勁，要知道妖物對專門斬妖除魔的靈劍可是很恐懼的。

路揚一個狠心，直接使勁扭斷模型的一根手指，但卻也沒什麼不對勁，那只是塑料罷了，想像中，裡面可能會有的「東西」，也絲毫不存在。

皺眉，他實在無計可施，索性把人體模型砸了個稀爛，以防萬一。

手機響了，路揚看都沒看就接起來，「子牙？」

「我是林芝香。」

「喔，怎麼了？」

林芝香著急地說：「姜子牙叫我去找簡志，我現在人在男生宿舍，可是他室友都說他沒有回去，我剛剛打姜子牙的電話又打不通了。」

路揚臉色一變，連忙問：「他有跟妳說他要去哪嗎？」

「不知道，他只說他有別的線索。」

路揚覺得頭都要爆了，叫姜子牙去找簡志，結果他到底跑去哪了？

他急匆匆地往外走，手機按個不停，姜子牙果然沒接電話。

面前走來幾個學生，但路揚也根本不管他們。

「是你？」對方訝異地說：「喂，你怎麼又進來了？是在著急什麼啊？莫非人體模型在追你嗎？」

路揚沒空理他，轉身就走。

「那你只要繞著系館跑一圈，它就不會再追你了啦！」

路揚一怔，回過頭去，問：「你說什麼？人體模型的傳說到底是什麼？」

「不就半夜去摸人體模型的話，它會動起來狂追你，但只要繞著系館走廊跑一圈，它就會乖乖回原位了。」大學生笑笑說：「你沒注意到我們系館是口字形的嗎？大概是有學長姐老喜歡半夜在走廊跑步，所以才有這個傳說……呃，同學你沒事吧？你的臉色好難看。」

不一樣！路揚臉色鐵青。社團說的校園傳說明明是不能說人體模型好假，否則就會取代它成為人體模型。

等等，這麼說起來，這次的校園傳說似乎太過血腥了？照理說，校園傳說不一定要出人命，像是眼前這人說的被人體模型追一圈，反而更符合校園傳說，但社團說的校園傳說卻沒有幾條不會出人命，本身就很不對勁。

他努力回想那些傳說，記得第一個是在東側教室看見跳樓自殺學生的笑容，隔天就會在同一時間跳下來……

路揚一愣，幾乎每個他們經歷的傳說都出了事，為什麼第一個沒有？是因為沒有人看見跳樓學生的笑容嗎？那錄影根本連是個人都看不出來……姜子牙！

如果有誰看得見「笑容」，那肯定是姜子牙！

「Shit!」

他拔腿狂衝去系館頂樓，雖然預告時間是隔天同一時間才會跳，但這次的校園傳說簡直像在趕時間，轉個身就死人，誰知道時間預告到底準不準！

節之三・那個天使，那個妖物

撿著羽毛，姜子牙發現自己莫名其妙回到第一個校園傳說的地點，難道天使這麼早就消失不見了嗎？

系館的頂樓突然有光一閃而逝，姜子牙抬頭一看，卻發現有個人影站在頂樓的圍牆邊。

「喂！不要亂來啊！」

姜子牙喊了幾聲，對方似乎沒有什麼反應，他只能開始狂奔上頂樓，一路上，果然都有門是開著的，像是他前方有個人已經上去了。

姜子牙一路衝到頂樓，氣喘吁吁，感覺今天已經跑完一個月的步。

試著推了推頂樓的鐵門，果然是推得開，一走進去，姜子牙就看見最顯眼的東西——天使。

天使不像平時是飄在空中，居然是跪在地上的，祂死死掙扎，就像被一條無形的繩子束縛住了，就算滿臉的著急，甚至已經開始紅了眼，美麗的臉龐染上怒火，但卻還是掙脫不開。

姜子牙仔細一看，這才發現天使周遭的地面畫了一圈圓形的圖騰，那形狀和廢棄校區牆上的圖十分相似。

如果天使在這裡，難道剛剛看到的人影是簡志？

姜子牙朝大樓邊緣一看，果然有個人影在那裡，他一邊走過去一邊喊：「簡志，我是姜子牙，你不要亂來啊，不管你現在看到什麼，都千萬不要動……」

一直沒發出過聲音的天使張開嘴，乾啞地說：「沒、沒有簡志。」

姜子牙一怔，回頭朝天使看過去，對方的臉上流著淚，手彷彿貼在無形的空氣牆上，怎麼都出不去。

姜子牙突然疑惑了，是誰禁錮了天使？校園傳說能夠辦到這點嗎？但是沒有哪個傳說是把人抓起來的。

「子牙！」

一聲吼傳來後，路揚推開鐵門，一看見他就滿臉驚駭地說：「你不要動，千萬不要動！」

姜子牙一怔，不解地問：「幹嘛叫我不要動，不該動的是簡志才對吧？他已經站在欄杆外了，你沒看見嗎？」

路揚小心翼翼地說：「我沒有看見什麼簡志，只看到你站在大樓邊而已，你別動，我現在就過去。」

自己什麼時候站在大樓邊了，明明就還沒走到簡志旁邊啊！姜子牙疑惑地轉頭一看，卻突然發現面前什麼都沒有，往下一看，地面離自己無比遙遠。

他變了臉色，沒預料到的高度帶來一陣恐怖的暈眩感，腳跟蹌了一下，竟再也沒踩著地面，整個人往下一滑，他及時抓住欄杆，被剮傷著的手掌心傳來強烈的刺痛感，手腕也發出哀號，但就這麼一抓，稍稍延緩掉下去的時間，路揚已經衝上前抓住他的手。

姜子牙懸在半空中，突然覺得這場景無比熟悉，上一次，他也是這麼抓著路揚，這一次卻是反過來，換成路揚即時抓住他。

「阿揚，如果你撐不下去……」就放開我吧！

話沒說完，路揚一手抓著他，一手抓著欄杆，輕而易舉地把姜子牙整個人提上來，重新放回頂樓地面上，當然，是放在欄杆之內。

……好吧，人比人真的會氣死人，這廝就不算人類！

但他上次是中槍後才拉著路揚，這樣比不公平。姜子牙試圖想扳回一城。

路揚上下打量姜子牙，見他沒什麼事，又把劍喚出來繞著他跑，姜子牙也不在意，任憑靈劍在自己身邊飛繞。

看來是真的姜子牙。路揚鬆了好一口氣。

「你在幹嘛？」這一鬆氣，人就怒了，路揚罵道：「叫你去找簡志，你倒是給我跑來跳樓，是嫌今晚不夠刺激，還想嚇死我啊？」

姜子牙有點困惑地說：「可是，剛剛我真的看見簡志，怪了，我的眼睛是不是出問題了，為什麼這一次看得這麼不清楚？」

「不，你的眼睛沒問題，如果不是你，恐怕我們早就直接離開，根本不會發現有人不見了，直到明天，有人發現屍體為止。」

路揚皺眉繼續說：「而你可能會在幻覺的引導下，跑回來這裡跳樓，現在是因為你發現簡志不見了，所以理由是來找簡志，如果我們沒發現真相，或許就是別的原因，有可能是接到我的電話叫你過來這裡。」

「為什麼我非得跳樓啊？」想到跳樓和目前所在的地點，姜子牙突然想起自己在東側教室看見過影子掉下來，對方還對他露出過笑容，領悟地說：「我是第一個校園傳說的……被害人？」

「嗯。」路揚點了點頭。

姜子牙搔了搔臉，想不到自己原來是第一個中鏢，幸好沒有像廁所的鏡子或許願屍那樣無緣無故就不見了。

不過，這搞不好是因為路揚在身邊的緣故，不管誰不見了，他可能都不會注意到，但是自己不見了，肯定立刻被他發現，所以才會變成在散場以後，自己才跑來跳樓吧。

路揚皺眉道：「我想，我們是在界裡面。」

姜子牙點頭說：「這個頂樓嗎？應該是，不然怎麼能讓我誤以為看見簡志。」

「不，整個校區都是界的範圍。」路揚冷靜地說：「這一次你沒有注意到路徑，是因為路徑就是我們的目標，打從開始探尋那些校園傳說，我們就一步步走入界中，所以我傳給父親的訊息全都傳不成功，因為我們身處於界中，被斬斷跟外界的聯繫。」

「而一旦踏入界，即便是你的眼睛也會受到蒙蔽，只是你的左眼太能看穿真相，沒有辦法完全瞞住你，你才會一直覺得不對勁，最後還發現有人失蹤。」

「簡志！」

姜子牙轉頭看向天使，對方越來越慌亂緊張，美麗的臉龐充滿著急和痛苦。

路揚不解地問：「這是簡志的守護靈嗎？祂怎麼了嗎？」

「祂在喊簡志。」姜子牙看著天使，若不是祂喊了一聲「簡志不在」，自己搞不好早在路揚來之前就跳樓了，他轉頭問路揚：「你去過人體模型那裡了嗎？」

「嗯。」路揚把事情經過說了一次，順便說林芝香沒找到簡志。

姜子牙走到天使旁邊，已經不再掩飾自己看得見祂的事實，天使在慌亂中，有些迷惑地看著姜子牙。

「簡、簡志。」天使似乎就只會說這句。

姜子牙看著地上的圖騰，抬眼又看見剔，順手就想抓住祂來破壞圖騰，但剔一扭就閃過他的抓握。

見狀，路揚惱怒地吼：「你別老是想抓住剔，你的掌心傷得不夠重是不是?等等連手指頭都被削下來。」

「喔。」姜子牙摸摸鼻子，老想著這是路揚的劍，自己又是要去握劍柄，總覺得不會有事，他指著地板說：「這裡，你讓剔劃幾刀。」

路揚照做了。

圖騰一被破壞，天使立刻解除禁錮，衝上天空，看著某個方向，發出高亢的尖叫：「簡志——」

眼看天使就要飛走了，姜子牙立刻大喊：「祢等等我們啊！帶我們過去簡志那裡，我們才能幫他！」

天使卻沒有理會他，直接就飛走了。

好像不能溝通啊……

「那是醫學院校區的方向，應該是人體模型那裡。」路揚拍了姜子牙一下，說：「走！」

兩人又開始半夜的跑步運動。

姜子牙簡直難以相信，問：「我們還在界裡面嗎？就連校外的大馬路上也算？」

「不知道，我對界的辨別能力不好。」路揚簡單說：「但是只要你有防備的話，任何界都不容易瞞過你。」

整個要交給他分辨就是了。姜子牙突然覺得過去這麼多年，路揚到底是怎麼一路活過來的。

「難怪你動不動就困在界裡面。」能活到現在一定是剔的功勞。

路揚皺眉道：「其實這麼高超的界很少見，應該說，我幾乎沒遇過這樣的界，除了上一次跟你在超市誤入的那個飄塵世界。架界是很不容易的事情，道上人也很少是以界的能力為主，因為太難了，而且正面對決也很吃虧，所以架界能力超高的人，多半都是家族扶植起來的，這種人不會輕易犯案，尤其是殺人案，用他們的能力殺人太浪費了。」

姜子牙覺得這什麼界不界的實在很複雜又恐怖，不由得送去擔憂的眼神。

路揚笑笑說：「有剔的幫助，界幾乎不能傷我，只能困住我一段時間，然後對方就自己維持不下去了，沒見到就算是這次的界，也沒敢挑中我當目標。」

「那就好。」聽到大多數的界都傷不了路揚，姜子牙放心地點了點頭，至於他自己，以後果斷跟著路揚走就對了。

兩人重新回到醫學院校區，路過籃球場的時候，又見幾名男學生在那邊打籃球，時間都快四點了，真不知道這些醫學院學生的生理時鐘到底是怎麼回事。

對方站在樹蔭下，高舉著球說：「嘿，要一起打球嗎？」

路揚一句「沒空」剛出口，卻見姜子牙停下腳步，還狐疑地看向對方。

「別拒絕嘛！」幾個大學生手上都舉著球，笑說：「我們都想換球了呢。」

路揚一僵，看向那幾人，卻看不見面容，只有一張嘴裂大如縫，那顆所謂的籃球也根本不是球，而是毛髮和血糊成一團的人頭。

他怒極反笑，竟敢直接惹上來？這下子總算有東西可以砍了！

「剔，給我劈了他們！」

剔臨空飛起來，直朝著那幾名妖物刺去，對方顯然頗為忌憚這把靈劍，不但不肯上前迎戰，還接連後退。

路揚本人也沒閒著，他右手的食指和中指併攏直豎，拇指則碰到無名指，同時嘴裡喃喃有詞：「天地自然，穢氣分散，凶穢消散，道炁長存，急急如太上老君律令勅！」

銀光的光芒從指尖竄出來，直接打入其中一名妖物的體內，對方發出慘烈的叫聲，隨後從身軀中央爆開來，灑落一片銀色光輝。

隨後，剔又砍倒了一個，憋屈一晚上的路揚總算有種暢快的感覺，只要知道該把劍指向何方，他便無所畏懼！

姜子牙暗暗著急，若是平時，他恐怕都不會停下來等路揚解決這些妖物，直接就繼續往前走了，只是接二連三中招，差點跳樓自殺，現在又知道身在界中，就算再擔心，他也不敢輕舉妄動了。

但他一瞄見醫學院內的燈光閃爍不定，心中警鐘大響，急忙喊：「路揚，快點解決。」

「好！」

路揚一口應下，隨後命剔飛到高空中，幾個迴旋，剔在空中留下一片劍影，隨後，無數把劍的虛影從空中落下，將妖物一口氣全殲！

姜子牙簡直看傻了眼，現在是演什麼大片呢？

「簡——志——」

姜子牙看向醫學院大樓，臉色大變，路揚一怔，他並沒有確切聽見「簡志」這兩字，卻也聽得見淒厲的叫聲。

兩人互看一眼，立刻朝系館內拔腿狂奔，還看見幾名學生在走廊上，全都是擔憂的神色，手足無措，不知到底發生什麼事。

「這是什麼聲音啊？」

「是地震嗎？」

「好大的風……」

那一聲聲「簡志」，在姜子牙的耳中是非常清楚，路揚卻只聽見尖叫聲，而到了這些普通學生耳裡，更加的模糊，似風聲又似嘯聲。

「是火災警鈴聲！」路揚大叫：「你們快點出去！立刻報警！我們兩人去警告其他人。」

一有人開口解釋，那聲音在幾人耳中立刻成了尖銳的警鈴聲，一得知是火災，他們臉色大變，隨後聽路揚的話，拔腿衝出系館。

路揚領著姜子牙，熟練地抵達人體模型教室，他已經來第三次，閉著眼睛都會走。

一踢開教室門，路揚的臉色就變了，他明明已經把人體模型破壞掉了，但此刻卻還是有一尊站在架子上，只是教室裡的光線昏暗，看不出真實面貌。

路揚的手放在電燈開關上，遲疑了一下，開燈前先提醒：「子牙，你最好別看。」

姜子牙深呼吸一口氣，卻不打算退縮，他只說：「開燈。」

燈光亮了，確實是一個人站在那裡，但從他們的角度，卻無法看出那究竟是不是簡志，人體模型有一半沒有皮膚，肌肉組織直接裸露在外面，胸腔還有部分臟器裸露，這是為了方便學生觀察，但原本應該是非常假的塑料模型，如今，卻真的不能再真了。

即使早有心理準備，但見到這種慘狀，姜子牙還是忍不住顫抖起來，不敢相信這是剛剛才分開的同學，那個拉自己入社的簡志，暗戀林芝香的簡志……但這卻又是事實，他甚至不用像路揚那樣走動調整角度，去看「人體模型」另一半有皮的臉。

果然是簡志。雖然在自己的看顧之下，又死一名同學，但路揚來不及自責或者消沉，而是稍微上前一步，擋在姜子牙身前，低聲問：「簡志腳邊那團黑色的妖物確切長什麼樣子？」

「不，不是妖物。」

姜子牙看著跪在「人體模型」腳邊，那個深陷黑色泥沼的人，不停發出「簡志」

的尖叫，心中感覺十分哀傷。

「是那個天使。」

# CH.5 惡魔儀式

節之一．不是你的案子

劉易士靜靜站在廢棄校區門口等人，還引來進出員警的注意，幸好這情況持續沒多久就等到人了。

「你是路揚的父親？」

劉易士還來不及打招呼，就聽見年輕的警察咕噥：「怎麼是個阿督仔？我不會講英文啊！」

劉易士一笑，用流利又道地的國語說：「因為我兒子是個混血兒，做爸爸的也只好當個外國人了。」

胡立燦立刻用力拍了搭檔的背，力道大到方達差點把心臟從胸膛噴出來。

「抱歉，小夥子少見多怪，別理他。我是胡立燦，刑案大隊的小隊長。」胡立燦一邊自我介紹一邊伸出手來。

「你好，胡隊長。」劉易士伸出手和對方一握，自我介紹道：「我是劉易士，路揚的父親。」

「那你怎麼姓劉？」方達訝異地問，雖然現在是可以從母姓，但也還是很少人會這麼做吧！

還來？胡立燦轉頭又巴了搭檔一腦袋，罵道：「人家兒子姓什麼關你屁事啊！」

劉易士笑著阻止他繼續毆打搭檔，說：「胡隊長，不要緊的，聊聊天有助於放鬆緊張情緒。」

方達十分委屈，但也不敢再隨便開口說話。

「其實呢，我不姓劉。」劉易士眨了眨眼，解釋：「我叫路易士・杭特，姓氏其實是杭特，我兒子的外國名叫做路克・杭特，他到國外跟我姓，在臺灣就跟他母親姓，這樣不是很公平嗎？」

方達恍然大悟，連忙點頭稱是。

見搭檔沒闖禍，貌似還聊開了，胡立燦的表情也放鬆下來，看來路揚的父親也和路揚一樣好相處，倒是個好消息。

劉易士抬頭看著廢棄校區，幾不可見地皺了下眉頭。

「我們進去吧，雖然我不像路揚那樣忌憚記者，但可以的話，還是不想出現在公眾之前。」

胡立燦點了點頭，一邊領路一邊說：「我說你是請來的顧問，對那些個惡魔圖騰很了解，如果你說不出所以然，就說要回去查查資料，敷衍過去就好，其他的我會幫你掩飾。」

劉易士倒不是很在意，雖然他算不上這方面的專家，但絕對比臺灣國內一般人要了解得多，隨口解釋一下也不是問題。

胡立燦說：「已經用儀器把一到七樓被弄掉的圖騰都照出來了，方達，把資料給劉先生。」

方達連忙遞上一個資料夾。

劉易士一邊翻一邊問：「你說一樓到七樓，八樓沒有嗎？」

胡立燦苦惱地說：「這就是奇怪的地方，八樓反倒沒有，這邊的塗鴉又很多，有人在說這些圖騰和案子根本沒關係。」

「果然是七宗罪。」劉易士看了那些圖騰，分別是七宗罪各自代表的惡魔圖騰，這倒也沒什麼，這類型的圖騰輔助意味很濃厚，可以讓人心生畏懼，加強界的效果。

只是八樓卻沒有圖騰。劉易士抬起頭來，看著廢棄大樓，心中有種不妙的感覺。

現場的警察不少，眾人的臉色都不好看，連續殺人案不管辦好辦壞，總之會先引來一陣治安不好的罵聲，警界肯定要被刮一頓。

劉易士一個外國人出現在這裡，不由得讓眾人都好奇地看了一眼，但見是胡立燦領來的，倒是也沒有多問。

「就算是啥圖騰顧問，也不用過來現場看吧？」

胡立燦瞪了一眼過去，但他也無可奈何，對方也是個小隊長，可不歸他管，這種聯合辦案最麻煩了。

劉易士對他笑笑表示不要緊，胡立燦用眼神道了個歉，領著劉易士到房間門口，裡面，女大學生仍舊背靠牆倒在那裡。

一個穿著袍子戴著口罩的人正蹲在她的面前做檢查。

劉易士憐憫地看著死去的女孩，還這麼年輕呢，唉。

有人故意走過來說：「胡隊長，你請來的顧問，膽子倒是挺大的嘛！怎麼樣？看得出是怎麼回事嗎？」

胡立燦皺緊眉頭，又是剛才那個小隊長，對方姓陳，兩人本來就不怎麼對盤，現在對方又三番兩次地挑釁，他再能忍也只能口氣不好地說：「他才剛到，陳隊你倒是這麼快破案給我看看？」

「怎麼你又能破案了嗎？」陳隊長惱怒地說。

劉易士開口打斷兩人的爭執，「這應該是在模仿獻祭召喚惡魔的儀式，一樓到七樓的是祭品，八樓的這名女性才是成品，所以只有前七樓的牆上有圖騰，八樓卻沒有。」

陳隊長狐疑地看過來，胡立燦倒是精神一振，他就知道路揚小子的父親肯定不簡單。

「成品是什麼意思？」

「讓惡魔可以附身在她身上為惡人間。」劉易士笑笑說：「當然，這都是一些書籍上記錄的惡魔儀式，其實不能當真的，我只是把知道的東西提出來。」

他必須說這段話，否則旁邊這些警察立刻就會把他當瘋子，接下來就難辦事了。

胡立燦立刻說：「但殺人凶手卻可能當真了！」

「是的，這是很有可能的事情，國外有很多和宗教有關的案子。」劉易士好心地對裡頭進行檢查的人喊：「你可以檢查看看她身上有沒有一些特殊印記，多半會在掌心和心口，少數會在下體。」

聞言，穿白袍的人看了他一眼，走過來的同時脫下手套和口罩，這才從口袋取出相機遞給胡立燦。

「你說的沒錯，這是剛剛拍下的照片，掌心和心口都有你說的印記，下體還沒有檢查過，等遺體送回去再做詳細檢查，初步判斷這傷口是用利器割出來的，看傷口的狀況，應該是死前就割的，奇怪的是死者並沒有太多掙扎的跡象，還要回去檢驗是不是有被下藥。」

劉易士驚訝於對方的年輕，這真的是法醫嗎？

胡立燦立刻幫他解答：「跟你介紹一下，這是錢紹，是我們的法醫，別看他一張娃娃臉，其實入行有十五年了，很資深的。劉易士先生是我請來的顧問，他很了解惡魔儀式和圖騰類的東西。」

錢紹冷冰冰地說：「沒錯，所以不要再用那種看年輕人的眼神看我！我已經三十八了，我們是同輩！」

劉易士委屈地說：「可我五十了，兒子都念大二了呢，你差我十二歲，叫我一聲叔叔也不為過吧？」

錢大法醫不可思議地看著這位「叔叔」，被噎得啞口無言，他還真沒看出這位已經是叔叔了，不是說外國人都老得比較快嗎？

胡立燦哈哈大笑地說：「我剛剛看也嚇了一跳，劉先生看起來還真是年輕。」

劉易士客氣地說：「過獎了。」

錢大法醫出了個大糗，面露尷尬神色。

幸好，劉叔叔向來與人為善，立刻轉移話題：「請問我可以翻拍一下這印記的照片嗎？」

錢大法醫看向胡立燦，總的來說，這與他無關。

胡立燦點頭說：「可以。」

劉易士立刻拍下照片，圖騰有助於釐清是哪一派的手筆，即便同樣是惡魔圖騰，不同師承也會有不同表現的方式，只是現在他對這圖沒有什麼熟悉感。

這卻是好事，能讓他有熟悉感的圖騰，都不是好惹的派別。

拍照拍到一半，卻收到兒子傳來的訊息，裡頭說了一堆校園傳說的事情。

「第九層樓？」劉易士皺了眉頭，回頭看了一下，樓梯確實還能上去，但再來應該是上天臺了，這裡只有八樓而已。

還要一邊上樓一邊喊「我要上X樓」嗎？劉易士覺得自己應該會被趕出去。

「是否可以上去頂樓看看？」

胡立燦看過來，頂著眾人的目光，他還得開口詢問：「為什麼要上去？」

「照理說，最高的樓層越接近神的地方，若是對方有瀆神之意，應該也會在那裡有所布置才對，上去看看有助於釐清對方對於宗教到底是內行還是外行，這是粗劣的模仿，或者他是宗教相關人士。」

劉易士胡說八道得恰到好處，不管上面有沒有布置，總之那是凶手的知識程度問題，他都沒有錯。

長年用各種身分處理案子，劉易士很擅長讓自己立於不敗之地。

「了解。」即使很想把整件事丟給劉易士，但身為刑警，胡立燦還是不得不說：「先讓警察上去蒐證，然後你再上去。」

劉易士笑笑說：「當然。」

胡立燦忙著安排人跟他上去，回頭看見錢紹還站在原地，有些訝異地問：「錢法醫，你不是很忙嗎？居然有閒情逸致留下來？」

錢紹臭著臉說：「下面的樓層從三樓開始就是我接手的，我不信那幾個的檢查有問題，他們確實是凍死、餓死和心臟麻痺死的，什麼樣的凶手能夠這樣殺人？就算是餓死的那個，也該有被束縛或者下藥的跡象，但統統都沒有！」

劉易士覺得錢大法醫有點倒楣，一連躺了八樓，第八樓還明顯是凶殺案，前面七個樓層的驗屍報告會被質疑也不奇怪。

胡立燦尷尬地說：「搞不好就是有人有辦法用怪方法犯案，總之我先上去看看。」說完，他立刻逃跑了。

「怪方法也要辦得到！國外真的有這種案子？」錢紹不甘心地問：「也是這種稀奇古怪的死法？」

身經百戰的劉易士無辜地說：「我只是研究惡魔儀式的專家，可不是法醫或者驗屍官，你怎麼會問我呢？」

錢紹卻不死心地說：「難道你在調查期間從沒聽警察說過嗎？像這次的案子，你不就知道死法了。」

劉易士平靜地說：「錢法醫，這世界無奇不有，總有無法解釋的事情，最好別太鑽牛角尖。」

錢紹強硬地說：「法醫就是專門鑽牛角尖，錙銖必較！你若是不說，我就去舉報胡立燦帶不相關人士來命案現場。」

劉易士表示自己敗了，無奈地舉例：「我曾經看過找不到任何傷口，但是全身不剩一滴血的死法。」

錢紹皺了眉頭，說：「繼續。」

「全身骨頭都碎了，但是皮肉連瘀青都沒有。」

「嗯哼。」錢紹皺眉思考，這該怎麼才能辦到？

「頭不見了。」

「這有什麼好奇怪的？」

「在胃裡面找到。」

「肚子無傷痕？」

劉易士兩手一攤，「唯一的傷痕在脖子上。」

錢紹覺得手上的案子是小事一樁，滿意地說：「謝了，改天請你吃飯。」

「那就等你的大餐了。」劉易士順勢接受了，接下來要留在臺灣的話，多認識一個是一個，畢竟他們夫妻倆離開也久了，原本的資源可能都不好用了，多半還不如兒子，這太傷父母尊嚴了。

胡立燦下來了，說：「上面什麼也沒有，你上去吧，要注意一點，上頭連欄杆都沒有。」

劉易士點了點頭，直接走上去後，果然什麼都沒有，就是個普通的頂樓。

他蹲下身來，仔細看著地面，也沒有發現塗改過的痕跡。

後方傳來腳步聲，劉易士沒有回頭，輕聲說：「你能安排個時間，讓這裡沒有外人在嗎？」

胡立燦皺眉，問：「半夜行不行？完全沒人在可能有點難，但是四、五個不會亂說話的人倒還辦得到。」

「那就這樣安排吧。」劉易士倒也不介意，他不是路揚這個還在念書的學生，不願意太多人知道他，反倒在警界有些人知道自己的能耐也好，做事會方便許多。

「那成，就今晚吧，盡快解決。」胡立燦苦惱地說：「這傢伙殺了八個人，這種事又防不勝防，我不能讓手下面對這種危險，可總不能規定他們非得三人以上一組才能行動，其他小組也不會聽我的。」

「好，就今晚。」劉易士點頭了。

聞言，胡立燦鬆了口氣，隨後苦惱起來，「媽的，這種殺人手法，就算抓到人，我都不知道有什麼證據可以定他罪。」

劉易士看著他，微微一笑，「別擔心，我們有我們制裁的方法。」

聞言，胡立燦一怔，感覺不大對，但是想想躺了八個樓層的死者，還有幾乎不可能定罪的凶嫌，卻又不願意反駁了，只是好奇地問：「國外都是怎麼辦這種案子？」

劉易士一笑。

「道上人就交給道上人解決。」

節之二・一樓樓往……上？

何仙姑：臭小子有生氣嗎？

劉易士看著手機，十分無奈，老婆還是這麼豪邁，兒子從小被叫臭小子，這樣會叛逆啊！幸好有他口口聲聲寶貝加甜心，用愛澆灌兒子才能長得這麼正。

驅魔神探：氣了一下下而已，看兒子對妳多好。

何仙姑：我看是根本不在意老爸老媽在哪裡吧。

劉易士被激得一口血都快吐在手機螢幕上了。

驅魔神探：兒子很愛很愛咱們滴！

何仙姑：明明就是你有那個戀子情結。

驅魔神探：……

何仙姑：好啦，不跟你黑白講啊，你擔心爸說的命中注定？本來就命中注定啦，他們是兄弟嘛！

驅魔神探：兄弟？難道老婆妳和姜尚……嗚嗚嗚！

何仙姑：你咧哭啥小，想死就說一聲！那時我不是說，同性結拜異性結婚嗎？姜子牙當然就是咱們阿揚的兄弟！

驅魔神探：可是，親愛的，我們家媳婦已經嫁別人了。

何仙姑：啊？

驅魔神探：姜子牙有個雙胞胎姐姐。

何仙姑：……媽的，手腳太慢。

劉易士悶笑不已，親愛的就是這麼可愛！

一陣腳步聲傳來，劉易士抬起頭來，看見胡立燦和方達走出來。

驅魔神探：時間差不多了，我要去辦案子。

何仙姑：嗯，你找找姜尚，我記得他那人很奇怪，應該沒那麼簡單就翹辮子。

劉易士思考了一下，還是打上最後一行。

驅魔神探：楊佳吟就有那麼容易翹辮子嗎？

等了一小會兒，還是沒等到老婆的回訊，劉易士也不覺得奇怪，他下線還會打個招呼，老婆大人則是說走就走，等過後想到才會回覆。

「劉先生。」胡立燦看他忙完了，立刻快步上前。

劉易士笑笑說：「就不用客套了，快進去吧，我想你要弄到這麼點時間，也是不容易的事情。」

可不是嗎？胡立燦尷尬地笑。

現場還有五名員警，加上胡立燦和方達，人數有點超標，但恰恰好卡在劉易士還能接受的範圍之內，他瞄了胡立燦一眼，後者馬上露出大刺刺的一笑。

外表看起來是個大老粗，心思倒還算細膩，劉易士對兒子挑的警方接頭人頗為滿意，當然，滿意的是兒子挑選的眼光好。

劉易士走到一樓的樓梯口，無視眾警察的圍觀，開口說：「我要上二樓了。」眾警察們你看我我看你，最後齊齊地看向胡立燦，就算要回答，也是長官回答才對。

胡立燦和路揚合作久了，深深地明白，道上人辦事的時候，咱們就當空氣就行了，什麼都不要做，所以他什麼也沒說，等劉易士上樓，他就屁顛顛地跟著上樓，絕不離太遠，也絕不靠太近。

眾警察面面相覷，見長官跟著上樓了，還回頭瞪了他們一眼，這才連忙跟著衝上去。

劉易士靜靜看著正對面的房間，那是命案現場的所在地，每一層樓都是同一個房間，說這不是凶殺案都沒有人會相信。

一道黑影站在屋裡。

劉易士聽著後方警察的動靜，沒有什麼反應，想來他們看不見這個。

靜立三分鐘，黑影沒有任何反應。

「我要上三樓了。」

走上三樓，對面的房間又是一道黑影，但比二樓的清晰了一些，劉易士聽見身後傳來一聲倒吸氣的聲音。

「誰倒吸了口氣？過來。」

一個看起來頗年輕的警察緊張地走上前來，在眾警察哀悼的目光下，他更緊張了。

「你叫……」劉易士有些訝異，他本以為會是胡立燦，想了一想對方的名字，問：

「方達？」

方達緊張地點了點頭，「是，很對不起，我不是故意發出聲音的。」

「你看見了什麼？」

方達一滯，見劉易士用鼓勵的眼神看著他，這才明白自己沒惹禍，放心地交代：「我剛走上來的時候好像在那房間裡看見一個人影，不、不過仔細一看就沒了，應該是眼花。」

劉易士點了點頭，卻什麼也沒再說，轉身面對階梯說了句「我要上四樓了」，然後就走上去。

這一次，各式各樣的反應都出來了，倒吸氣的聲音、驚呼聲和慌亂的腳步聲，黑影一閃而逝，但是他們卻沒法用方達在上個樓層的說法，眼花——有這麼多人一起眼花的事嗎？

方達更是快暈倒了，剛剛還能說眼花，現在裡面那隻直接站著不動了！

劉易士皺緊眉頭，這校園傳說竟還是真的？

「我要上五樓了。」

我們不想上五樓！眾警察哭喪著臉，齊齊轉頭看著胡立燦，後者也不想上五樓，問題是至少要有部分警察瞭解這類事，將來若是遇上，才知道發生什麼事，該找誰解決。

胡立燦走在第一個，還用眼神催促眾人上樓。

眾警察只能慢吞吞地挪移上去，然後釘在原地，差點連呼吸都忘了，直到那聲催命音又響起來。

「我要上七樓了。」

後方是抖個不停的警察們，到了七樓，那影子已經不再是影子了，完全是個人的模樣，穿著破爛卻能禦寒的大外衣，完全是個遊民的樣子，如果警察沒看過死者資料的話，說不定還會上前驅趕人離開命案現場，很可惜的，他們統統都看過。

看著眼前這遊民，劉易士這次不急著離開了，他一邊想看看站得久了，會不會發生什麼事，再者開始思索八樓到底會出現什麼，照兒子說的話，九歌已經讓死者的靈魂升天了，但是這樣就能讓靈魂不會出現嗎？

這些鬼魂本來不在這裡，用了校園傳說的方法就出現，劉易士不覺得他們真的和死者有什麼關係，所以，八樓的東西應該還是會出現。

劉易士沉吟，看著對面的遊民，沒有反應。

他轉過身，面對樓梯，這舉動讓後方七個警察都臉色發白了。

「我、我們一定要上八樓嗎？」方達已經抖到不行了，但菜鳥這一次也沒比其他人來得不濟。

劉易士給的回答是……掏出手機來。

「都三點多了，寶貝怎麼沒半點音訊？」

他抓了抓頭，思考了一下，還是決定打電話，結果竟然連打都打不通。

當然，電話不通有很多原因，例如通訊不佳，但兒子不過是在旁邊的校區，又不是偏遠的山區，現在時間是半夜三點多，學校不可能有電梯讓路揚去搭，導致手機訊號不良。

更重要的一點是，這麼長的時間，路揚沒有給來任何訊息，兩人已經說好由他那邊主動聯繫。

「劉先生，我們到底要不要上樓？」

連胡立燦都受不了了，不遠處有個鬼瞪著你，他們還停在這裡被瞪，說不定下一秒就要上樓面對更恐怖的一尊！

而且上面就是最後一樓了，還會像現在這般，什麼事都不會發生嗎？那今天到底是來幹嘛？逛鬼屋嗎？如果會有事發生，那到底會是什麼……

媽的，這種折磨實在太不人道！胡立燦都快被屬下哀求的眼神燒個窟窿出來了。

劉易士看了下錶，說：「在這等我兒子打電話來，半小時內，他不打來，我們就不上去，過去校區找他們。」

劉易士沒等到電話，卻是胡立燦等到了，眾刑警紛紛期盼有槍擊要犯、飛車追逐、角頭火拚，總之任何可以離開這裡的理由都好啊！

「校區那邊有人報警。」

劉易士皺眉問：「命案嗎？」

「好像是火災。」胡立燦皺眉道：「似乎是醫學院校區那一塊，那邊離這裡很遠，倒是不用擔心延燒。」

劉易士的臉色變了，他知道有好幾個校園傳說就在醫學院那裡，於是立刻轉身下樓。

兒子再怎麼威，也抗不住火場啊！

簡志——

天使的下半身已成一片泥沼，上半身漸漸沉入泥沼中，祂拚命想用雙手抓住慘不忍睹的簡志，但是根本碰不到任何東西，只有尖叫聲不絕於耳。

路揚讓剔橫在胸前，卻有些遲疑該怎麼做，這守護靈看著似乎根本不需要他動手，就已經快要滅頂了，這倒是也不奇怪，守護靈在守護的對象過世後就跟著消失的例子比比皆是，只是眼前這個的狀況特別慘烈而已。

在貫耳的尖叫聲中，姜子牙艱難地問：「路揚，你、你有沒有辦法阻止祂？」

「你說的阻止是什麼意思？」路揚不解地問：「祂沒要動手做什麼，應該等祂完全沉下去就會消失了。」

「能超度祂嗎？」姜子牙實在不忍看見這隻天使被剔砍掉。

「你叫我超度一隻天使？」路揚吐血的心都有，「你不覺得這是兩種宗教概念嗎？而且祂都要沉下去了，做什麼都來不及啦！」

姜子牙一咬牙，說：「砍死祂來不來得及？不要讓祂再繼續這樣叫下去。」

話一說完，就看見路揚用奇怪的眼神看著自己，姜子牙不解地問：「怎麼？」

「沒事，這還是你第一次讓我去砍妖。」

「你不砍，祂死得更慘！快點砍！」

姜子牙聽不下去了，這尖叫聲實在太過慘烈，又想起來之前，簡志還活蹦亂跳不肯放棄喜歡林芝香，天使拿著愛神小弓箭加油的模樣，對比兩人現在一個慘死一個快墮入泥沼中的下場，他只覺得連腦袋都快被叫穿了。

「好。」路揚正打算命剔前去刺穿天使的腦袋。

突然間，「砰」的一聲，在尖叫之中，並不是特別突兀，但搭配上畫面，就十足駭人了。

兩人呆愣地看著那隻天使真的抓住簡志的腳，屍身一個不平衡，直接摔入滿地的泥沼中，天使抱住了簡志，那身泥沼包住整具屍身，天使的上身伏在泥沼上，祂已不再尖叫，神態溫柔，像是一個母親，要把孩子深深融入自己的懷抱中，只是臉上卻沾滿小孩的血……

姜子牙呆愣地拉了拉身邊人的外衣，問：「路揚，你有看見我看見的東西嗎？」

這話說得很拗口，還很白痴，但他驚嚇到沒辦法更加具體地描述了。

路揚呆愣地點了點頭，但他有點搞不懂眼前的狀況，守護靈能碰觸到東西，然後吃了人？不對，吃了死屍？從沒聽說過這種狀況啊！

這還要不要劈了？或者等天使自己滅頂呢？他有些遲疑不決。

「天使，祢把簡志吐出來吧。」姜子牙不忍地說：「他可能還有父母，至少要留個全屍給……」

天使抬起頭來看著姜子牙，突然間，雙目瞪大，一聲尖嘯後，金髮像是有生命的東西一般，竟射了出去，纏上姜子牙的頸子。

姜子牙什麼都還來不及反應就被扯了過去，一腳踩到地上的泥沼中，那些黑沼竟順著小腿往上蔓延，頓時一股冰寒從腳上傳來，幾乎將他整個人凍得說不出話來。

幸好，路揚及時一劍劈下去，將天使的髮絲斬斷，隨後一把抓住姜子牙，將他整個人從泥沼扯出來，然後直接後推到牆邊去。

這時，天使緩緩站起來，原本就要淹沒祂的泥沼如今卻成了支撐物，不但將簡志包覆在其中，完全看不見蹤影，也代替天使原本半透明的雙腿。

祂抬起頭來，頭髮如蛇般蠕動，雙眼通紅，一張嘴便是慘烈的尖叫，完完全全已失去聖潔的天使模樣。

「剔！」路揚一喊，靈劍便擋在雙方中間，劍尖直指向天使。

天使似乎也知道眼前這把劍不好惹，祂看著剔，十分忌憚，不敢輕易上前攻擊。路揚心念一動，剔便衝出去，直劈向天使，對方剛一閃，正想反擊時，因為移動得太快，被泥淖包覆住的屍身掉了一部分出來，那是沒有皮的手，重重砸在地上，留下一抹血痕。

見狀，天使目眥欲裂，立刻回過身去，用泥淖重新裹好屍身。這時，剔趁機朝祂的胸膛刺去，可惜被那些蛇般的髮絲阻擋了一下，天使又一個閃身，剔只在祂的手臂上留下一道長長的傷痕，冒著黑煙，彷彿是腐蝕出來的傷口，而非銳利的劍傷。

天使摸了摸包裹屍身的泥淖，不再戀戰，巨大的黑翅伸出來，轉身就破窗飛出去。

剔立刻衝出去，直直追向天使，但是靈劍卻沒有辦法離主人太遠，路揚可以感覺出已經快到極限距離了，正要跳窗追出去，好讓剔可以繼續追擊時，卻聽見背後傳來「咚」的一聲。

他回頭一望，姜子牙跪倒在地上，用力抓著左腳，拚命壓抑痛苦神色，不叫喊出聲。

「子牙！」路揚嚇了一大跳，再也顧不得追擊，立刻回到同伴身邊，擔憂地追問：「你怎麼樣了？」

姜子牙抬起頭來，牙齒打顫地說：「好、好冷，腳……」

路揚蹲下來查看，直接拉高褲管，只見姜子牙的小腿黑了一大塊，而那黑氣似乎還在緩緩擴散。

「Shit! 邪氣入體了。」

召回剔在身旁護衛，路揚一把抱起姜子牙就往外走。

「我們直接去廢棄校區找我爸，他是個驅魔師，不管是對天使，或者對邪氣入體的狀況，全都比我在行多了。」

姜子牙疼得滿臉冷汗，但見路揚臉色陰沉，他勉強扯開笑容說：「你就是負責『砍』這個業務，其他都不行，我懂。」

路揚聽出姜子牙的聲音正是忍著痛，他想回些話讓對方轉移一點注意力，卻正好踏出醫學院系館，看見外頭的狀況，腳步便是一滯，話也說不出口了。

到底怎麼了？

姜子牙勉強轉頭一看，大門外的地上倒了一群人，看樣子也都是學生，他們露出痛苦的神色，身體的某個部位都變黑了，一如姜子牙的腳。

有幾個學生變黑的部分卻是頭或者脖子，或是張大嘴不能呼吸，或是抱著頭，連眼珠子都凸了出來，狀況不知嚴重了多少倍，眼見著就要喪命了……

路揚看著這恐怖的狀況，幾乎有呼吸困難的感覺。

姜子牙推了他一把，怒道：「放我下來，立刻衝去廢棄校區找你爸，快！」

聞言，路揚一咬牙，把姜子牙放在階梯上，然後飛快地衝出去，快得像是一支飛出去的箭矢。

姜子牙看著滿地的學生，有些人已經快窒息了，他正想拖著腿走過去，看看能幫對方做些什麼時，突然有人從背後摀住他的嘴，快速地將他往後拖……

——未完・待續

# 後記

從本卷起，《幻・虛・真》終於開始走起原本設定好的靈異風（妳確定這篇真的是靈異風？），這個……至少有個靈異研究社嘛！

很想問有沒有寫恐怖故事的作者自己怕得要死的案例？

我在寫校園傳說這一章的時候，時間多半都是大半夜，結果自己走去上廁所時，都會忍不住回頭看一下陰暗的走道和客廳，或者抬頭看廁所位於高處的小窗戶，每次都緊張地發現根本什麼都沒有啊！

大半夜在線上跟朋友說我寫鬼故事寫得好害怕的時候，結果朋友落井下石，立刻開始描述他碰過的靈異事件——人生就是會有幾個朋友，永遠別跟他說你現在好怕阿飄，或者正在減肥，因為你會立刻收到一麻袋的恐怖照片，外加美食部落格網址和一堆飯局邀約！

寫完後，看著明明就覺得不是很恐怖，結果還是照樣怕得要死，本作家的膽子簡直比粉圓還小。

那就是妖、統統都是妖，天下阿飄皆是妖，咱們不怕不怕！

嗚嗚，怎麼還是覺得好可怕！

我完全無法想像怎麼會有人想去學校夜遊（那妳這篇到底在寫什麼），感覺半夜的學校就是一整個很毛啊！

大概是因為學校的空間比較寬廣，到處充滿會有東西冒出來的窗戶，以及又長又黑的走廊，還有隔間眾多的廁所，更別提那些鏡子啊鏡子啊鏡子啊！如果半夜在學校想如廁，我可能要強迫友人站在廁間門外，才有辦法不奪門而出吧。

還是永遠都不要半夜去學校好了，幸好我已經畢業了，什麼夜遊都嚇不倒我滴！反正我是一定不會去滴！

有人跟我一樣被校園傳說這篇嚇到的嗎？（作者弱弱地舉手發問）

好吧，我們不要問這麼傷感情的問題，繼續講後記。

《人娃契》篇屬於角色篇章，從《以神之名》開始，進入所謂的事件篇，沒意外應該是上下卷，希望不要跑出中卷，但看本集進度應該是可以在上下卷解決的。

但說《以神之名》是事件篇，好像又不時在介紹角色，只能怪姜子牙和路揚認識的人太多了，只好一邊進行事件一邊介紹。

我覺得快寫成雙主角了。

什麼？你說哪有，主角不是路揚嗎？

我也這麼覺得——我是說，不對啦！不管路揚有多威多帥多有用，主角還是那個不威不夠帥勉強有點用的姜子牙，大家千萬不要搞錯了！

這年頭，當主角還不如當配角，當配角不如當配角中的配角。

看看那個清閒又貌似很強大的九歌老闆傅太一先生，這就是配角中的典範，偶爾出來晃一下，沒人能忽略他的存在感，但平時又不需要拚死拚活地去校園夜遊，真是個錢多事少離家近的好配角。

本集中，九歌一詞不斷出現，但毫無具體戲分（揮手再見），只有司命出現了一下下，雖然司命總是出現不長，但好像每集都會默默出現刷一下存在感，到最後，零零碎碎加起來，搞不好會是九歌裡面戲分最多的一位。

只能說，恐怖小說總要有個收屍的……我是說，要有個死神——還有，不准狂搖頭說這不是恐怖小說啦。

最後的最後，來個聲明一下，我這次真的沒有故意停在這個要命的結尾，就是剛好寫到這裡而已，真的啦！大家原諒我吧，我會努力盡快生出下一本來的。

子牙同學，努力撐下去，千萬要等路揚同學回來救你啊！

BY御我

高寶書版集團
gobooks.com.tw

**輕世代 FX01004**
**以神之名(上卷) 幻・虛・真2**

作　　者　御　我
繪　　者　九月紫
編　　輯　謝夢慈
校　　對　李思佳
美術編輯　陸聖欣
排　　版　彭立瑋
責任企劃　林佩蓉

發 行 人　朱凱蕾
出　　版　英屬維京群島商高寶國際有限公司臺灣分公司
　　　　　Global Group Holdings, Ltd.
地　　址　臺北市內湖區洲子街88號3樓
網　　址　www.gobooks.com.tw
電　　話　(02) 27992788
電　　郵　readers@gobooks.com.tw（讀者服務部）
　　　　　pr@gobooks.com.tw（公關諮詢部）
傳　　真　出版部　(02) 27990909　行銷部 (02) 27993088
郵政劃撥　50404557
戶　　名　三日月書版股份有限公司
發　　行　三日月書版股份有限公司/Printed in Taiwan
初版日期　2015年 3 月
二刷日期　2020年11月

國家圖書館出版品預行編目(CIP)資料

幻.虛.真：以神之名 / 御我著.-- 初版. -- 臺北市：高寶國際, 2015.03-
冊；　公分. --

ISBN 978-986-361-114-1(平裝)

857.7　　　103027950

三日月書版

三日月書版

GOBOOKS & SITAK GROUP©